Holger H. Haack

Duell im Eismond

AF175635

Holger H. Haack

Duell im Eismond

Western

Bibliografische Information der Deutschen
Nationalbibliothek:
Die Deutsche Nationalbibliothek verzeichnet diese
Publikation in der Deutschen Nationalbibliografie;
detaillierte bibliografische Daten sind im Internet über
http://dnb.dnb.de abrufbar.

Lektorat: Gertrude van Dam

Herstellung und Verlag: BoD – Books on Demand,
Norderstedt

ISBN: 978-3-7526-0523-5

Duell im Eismond

Wellington ist ein ruhiger Ort. Mutige und fleißige Menschen. Der alte Sheriff will seinen Posten an seinen jungen Deputy abgeben. Doch dann reißt die Hölle auf und der alte Scheriff muss noch einmal zeigen was in ihm steckt.

Bankdirektor Hopkins	Er durchschaut das Spiel als Erster.
Bürgermeister Clifton	Ist Geschäftsmann und gewinnt.
Carol Winter	Hat gute Kontakte.
Deputy Ben Adams	Macht sich seine eigenen Gedanken.
Jake	Er hält seine Augen und Ohren offen.
Kate Jenkings	Kommt von der höheren Töchterschule …
Piet van Dyke	Er will nur helfen, aber wem?
Ringo Stuart	Er ist Spieler und spielt sein Spiel.
Sheriff Moses Kating	Er ist ein Macher.

Wie immer betritt Moses Kating, Sheriff von Wellington, ruhigen Schrittes den Saloon zum Mittagessen. Er ist schon lange Scheriff in dieser Stadt, bereits 10 Jahre. Er zählt 48 Jahre. Das ist ein hohes Alter für einen Sheriff. Der Krieg ist jetzt 12 Jahre vorbei. Man schreibt das Jahr 1877.

Sein junger Deputy Ben Adam ist im richtigen Alter von 35Jahren und wird wahrscheinlich im nächsten Jahr den Sheriffposten übernehmen. Die Stadt ist ruhig, nur fleißige Handwerker und Geschäftsleute. Alle Einwohner sind ihm bekannt und manche davon kann er Freunde nennen.

So drückt der Sheriff die Schwingtür auf, tritt ein und wendet sich nach rechts. Hier stehen zwei Tische an den Fenstern. Er nickt dem Wirt zu, rückt sich den Stuhl zurecht und setzt sich an den Tisch auf dem ein Messingschild, mit der Aufschrift –Scheriff–, steht.

Die Theke gegenüber dem Eingang ist blank poliert, da es erst Mittag ist. Es stehen viele leere saubere blanke Gläser darauf, denn es ist noch nicht viel los im Saloon. Der Wirt hält den Wischlappen in der Hand und wirft ihn hinter sich auf den Schrank unter einem riesigen Spiegel. John Hansam ist groß, sehr groß, fast zwei Meter, massig und mit selbstbewusster Ruhe wendet er sich dem Sheriff zu.

"Wir haben heute frisches Steak, sie sind besonders gut und Bohnen. Als Nachtisch Apfelkuchen, wenn Sie wollen?"

"Ok, John, aber erst ein Bier!" Der Sheriff schiebt sich den Hut in den Nacken.

Der Wirt wischt sich die Hände an der Schürze ab, nimmt ein Glas, reißt den Zapfhahn auf und füllt es mit Bier, gleichzeitig wendet er sich zur Seite und ruft durch die Tür, die neben der Treppe rechts offen steht.

"Steak und Apfelkuchen für den Sheriff!"

Auf der anderen Seite des Eingangs stehen, wie auch auf dieser Seite der Tür, Tische. Hier sitzen drei Mann und spielen Karten.

"Mahlzeit Doc, Plug, Wesley!"

"Mahlzeit", kommt es vom Schmied und vom Frisör der auch als Zahnarzt tätig ist, zurück. Der Doktor nickt nur mit dem Kopf, denn er hat die Karten in der Hand und teilt aus.

In diesem Moment kommt die Tochter des Wirts aus der Küche. Sie ist eine wirklich schöne Frau, ihr Teint ist dunkler als der bei den anderen Frauen der Stadt. Ihre Augen sind schwarz wie ihr Haar. Eine kleine gerade Nase und fröhlich funkelnde Augen. Über ihren roten Rock trägt sie eine Schürze, darüber eine weiße Bluse. In der Hand hält sie den Teller für den Sheriff. Im Haar steckt eine Blüte, wie es Mexikanerinnen manchmal tragen. Sie bewegt sich grazil, mit einer prächtigen Figur, alles ist richtig an ihr. Sie ist mittelgroß und damit etwas kleiner als der Sheriff.

„Ihr Essen Sheriff", sagt sie und stellt vor den Sheriff und lächelt. Der Wirt ist hinzugetreten und hält das Bier in der Hand.

„Oh, Moses", denkt der Sheriff, „wie hat der Wirt nur solch eine Tochter hinbekommen? Sie wird eigentlich noch immer schöner".

„Okay, thanks, Maria." der Scheriff tippt sich an den Hut und denkt, „wenn das Essen auch so gut ist wie sie aussieht ..."

Weiter kommt er nicht mit seinen Gedanken. Ein fürchterliche Knall reißt ihn heraus, im nächsten Moment splittert die Fensterscheibe direkt neben dem Sheriff, der Fensterrahmen fällt ihm entgegen und hindurch rast ein Holzbalken und kracht mit einem fürchterlichen Splittern in den Tisch des Scheriffs. Ein Bein des massiven Tisches bricht weg und der Tisch rutscht ca. zwei Yards weiter. Sheriff

Moses kann gerade noch seinen Kopf zurückziehen, die Reaktion geht ohne seinen Willen ganz von selbst, gesteuert durch seinen Selbsterhaltungstrieb. Messer und Gabel sind ihm aus der Hand geschlagen, der Teller mit dem Steak und den Bohnen liegt im Raum und kreiselt noch ein bisschen bis er liegenbleibt, nur Messer und Gabel stecken wie zum Hohn im Balken neben dem Tisch. Alles ging in Sekundenschnelle. Sheriff Kating hält bereits seinen Colt in der Hand. Die drei Spieler sind aufgesprungen und halten auch ihre Waffen bereit.

Aber das Fenster bleibt leer. Sie gucken sich an: „Was zum Teufel war das?" Sheriff Kating zieht sich einen streichholzlangen Splitter aus der Hand indem er die Waffe wieder wegsteckt. Vom Tresen fallen Gläser.

Maria wurde vom Tisch gestreift und fällt gegen ihren Vater, der sie intuitiv aufgefangen hat und jetzt festhält. Sie steht schon wieder auf ihren Beinen und ruft zornig: „So eine Schweinerei! Wer soll das bezahlen? Der schöne Tisch und das Essen…"

Kating ist zuerst an der Tür, er hört immer noch das Kreischen von Maria. Der Doktor ist hinter ihm, „kümmere dich um Maria, ich glaube sie braucht dich", murmelt Kating, ohne sich umzudrehen während er aus der Tür tritt. Was er sieht verschlägt ihm den Atem. Und er hat schon viel gesehen im Krieg. Das Haus des Waffenschmieds gegenüber dem Saloon ist zu großen Teilen im vorderen Bereich zerstört. „Teufel auch!" knurrt er.

Die Straße füllt sich mit neugierigen Personen. Ein Fuhrwerk steht vor dem Krämerladen. Das Pferd steigt immer noch vor Schreck von dem Knall. Der Farmer, der gerade Waren einkauft, kommt aus dem Laden gelaufen und greift zu und hält das Pferd vorne an der Trense fest, und sagt immerzu beruhigend: "Hooh, hooh, ruhig. Alles ist gut. hooh!" Dabei muss er aufpassen, denn das Pferd will immer noch steigen, die Augen sind weit aufgerissen und es bleckt die Zähne.

Überall liegen Holzteile auf der Straße. In der Frontwand des Hauses vom Waffenschmied klafft ein Riesenloch zur Straße hin. Die Vordertür liegt fünf Yards weit weg auf der Straße und ein Teil des Türrahmens steckt im Tisch des Saloons. Die Druckwelle hat sich den Weg nach außen über die Frontseite gesucht und dabei eine riesige Lücke in die Front gerissen. Immer noch flattert Papier durch die Luft und fällt auf die Straße. Es ist plötzlich totenstill. Nur der Staub sinkt langsam zur Erde.

Der Bürgermeister Jack Clifton kommt angelaufen, er ist wohlbeleibt. Er hält mit beiden Händen seinen Bauch fest, der hoch und runter schwappt. Seine Jacke ist offen und an seiner Brokatweste hängt die Uhr mit der Kette und wedelt unter seinen Händen hin und her. Der Hut hängt ihm im Nacken nur von der Windschnur gehalten.

Sofort brüllt er in die Stille hinein: „Alle von der Straße, alle von der Straße und Wasser holen! Die Kinder und Frauen in die Häuser. Los weg, weg! Keiner weiß, ob hier gleich noch was explodiert. Alle von der Bürgerwehr zu mir!"

Er atmet schnell und holt tief Luft. „Los die Bürgerwehr zu mir, wir müssen Wasser haben."

Er sieht den Schmied und den Frisör in der Tür des Saloons stehen und ruft ihnen zu: „Plug schick einen zur Kirche, sie sollen die Feuerglocke läuten. Wesley, sieh in deinen Laden ob Männer von der Bürgerwehr bei dir rasiert werden, schick sie her!"

Ben Adam, der Deputy kommt auf ihn zu, dreht aber ab weil er im Moment den Sheriff erkennt, und geht schnellen Schrittes auf ihn zu, dieser tritt zu ihm und nimmt ihn am Arm. Er sagt ruhig: „Du gehst jetzt sofort zum Gefängnis und schickst unsere zwei Mann zur Bank. Es sitzen ja ohnehin keine Gefangenen im Jail. Sie sollen In die Bank gehen und sie schließen und niemanden aufmachen, bis wir es ihnen sagen. Jetzt sofort! Sie sollen Bankdirektor Hopkins informieren, er soll sich verhalten wie bei Jensfield. Er weiß dann Bescheid. Komm auf jeden Fall wieder."

Ben ist groß, hager und ist wie ein Pferd gebaut, er hat unglaubliche Kräfte, was man ihm nicht ansieht, er neigt den Kopf und antwortet: „Okay, Moses. Bin schon unterwegs".

Ben dreht sich auf den Hacken um und geht davon. Dabei denkt er, wieder so eins von den Geheimnissen vom alten Falken, was das wohl wieder bedeutet, wie bei Jensfield?

Inzwischen ertönt die Feuerglocke, der Schmied Plug kommt zum Sheriff. Die Straße füllt sich mit Männern, teilweise sind sie nur halbrasiert, denn der Frisör schickte sie raus, einige von ihnen tragen Wassereimer.

Über dem Haus des Waffenschmiedes steht immer noch eine Wolke. Der Staub auf der Straße wird durch die vielen Männer weiter aufgewirbelt. Viele sind am Husten, manche haben ihre Halstücher vor das Gesicht gebunden.

„Wir müssen da rein!" stellt der Sheriff sachlich fest.

„Sind sie wahnsinnig", erregt schreit ihn der Bürgermeister fast an. Sein Gesicht rötet sich vor Aufregung. „Was sollen wir ohne sie tun, wenn ihnen etwas passiert! Das kann ich auf keinen Fall gutheißen, Wahnsinn! Schicken sie ihren Deputie, aber Sie doch nicht, noch sind Sie unser Sheriff, man!"

Immer noch schnauft der Bürgermeister, puterrot im Gesicht, eines seiner Augenlieder zuckt und seine Arme senken sich, denn er hat jedes seiner Worte mit seinen Armgesten unterstrichen.

Sheriff Kating hört es, er lässt sich nicht aus der Ruhe bringen, dazu ist er zu alt, er hebt die Hand, lächelt dünn und entgegnet: „Einer muss da rein Bürgermeister, ich sehe zwar noch keine Flamme, aber wir können uns keinen Brand leisten, wir müssen nachsehen. Der Staub ist noch zu dicht, von der Straße hier kann man nichts sehen. Wer weiß, was da noch alles an Pulver oder sogar Presspulverstangen lagert. Wir müssen rein und nachsehen. Außerdem muss ich wissen was da drinnen vorgegangen ist. Der alte Jenkings hätte schon lange seinen Laden an seine Tochter abgeben müssen. Aber sie wollte wohl keinen von den Männern, die ihr den Hof machten und so hat er es immer weiter vor sich her geschoben. Jetzt sehen wir was dabei herausgekommen ist. Gottseidank steht das Haus alleine und rundherum sind Straßen.

Lassen sie sofort die Häuser rechts und links besuchen, ich sehe die Witwe und auch die junge Frau vom Schneiderladen nicht. Lassen sie nachsehen ob ihnen was geschehen ist. Plug kommt mit mir, halten sie die Leute bereit, für den Fall, dass etwas einstürzt, sie können mich dann unterstützen. Und noch was Bürgermeister, lassen sie rund um das Haus die Straße absuchen, ob noch irgendwo Waffen durch die Druckwelle aus dem Laden geflogen sind. Wir müssen alles einsammeln, bevor irgendein Kind etwas davon in die Hände bekommt. Ben, mein Deputy ist gleich wieder hier, wenn Sie ihn brauchen wird er Ihnen helfen. Halten Sie mir den Rücken frei!" Er spricht nun langsam und ganz deutlich: „Lassen Sie niemanden nach mir rein!" Der Bürgermeister sieht ihn wütend an, merkt aber, dass er den Scheriff nicht umstimmen kann und nickt unwillig.

Kating geht auf einen Wassereimer zu, taucht seinen Hut, sein Halstuch und seine Ärmel ein, zieht sein Halstuch über die Nase, er wendet sich an Plug: „Du auch, dann komm, lass uns nachsehen!"

Ben Adam kommt die Hauptstraße herunter geschritten und will zurück zum Unglücksort. Er ist wie immer gut gekleidet. Sein Halstuch passt zu seinem Hemd. Er ist sauber rasiert, seine Haare sind wie immer ordentlich frisiert. Seine helle Lederweste passt zu seinen punzierten Cowboystiefeln und seinem ebenfalls punzierten Coltholster. Die Hose und der Gürtel sind neu. Er investiert sein Geld nur in Kleidung, denn auch er bekommt wie der Sheriff freies Essen und Unterkunft und außerdem hat er ein Auge auf die junge Schneiderin geworfen. Doch heute ist er bereits vollgestaubt vom Dreck der aus der Luft nach unten schwebt.

In diesem Moment hört er wie ein leichtes Gespann die Straße herunter gerast kommt. Die Mähne des Pferdes weht im Wind, der Kopf ist hoch erhoben. Es rennt im Trab die Straße hinunter. Am Zügel sitzt eine Frau. Sie ist blond, die Haare sind sauber zurückgesteckt und wehen nicht, trotz der schnellen Fahrt. Sie trägt ein Lederkostüm. In der einen Hand hat sie die Peitsche und knallt damit über das Pferd. Sie rast mit unverminderter Geschwindigkeit auf ihn zu. Er hebt die Hände und winkt, dass sie langsamer fahren soll. Aber sie lenkt nur am Zügel und will um ihn herumfahren. Hinter sich zieht sie eine Riesenstaubfahne her. Sie ignoriert ihn und als das Gespann an ihm vorbei will, springt er an das Pferd, fast dem Pferd ins Geschirr, hechtet ans Gespann und erreicht mit einem Stiefel die Deichsel und zieht an den Zügeln, dabei ruft er: „Hoo, hoo, langsam, ja hoo langsam!"

Das Gespann kommt schnell zum Stehen. Er springt wieder von der Deichsel und läuft neben dem Pferd. Beide sind eingehüllt vom Staub. Als der Einspänner steht, hat sich die junge Frau im Gespann mit wütendem Gesicht aufgerichtet, ihre Augen funkeln und sie schreit Ben an: „Was fällt Ihnen ein, mich anzuhalten, gehen sie da weg, sie Tölpel! Lassen Sie mich weiter fahren!"

Sie hebt die Peitsche und will damit Ben schlagen, dieser hat ein gutes Auge und wartet bis das Ende auf ihn zu saust, dann macht er blitzschnell einen Schritt nach vorne greift nach der Schnur, die Schnur wickelt sich um seine Hand. Natürlich schmerzt es, er greift zu, denn auf ein paar mehr Lassonarben auf der Hand kommt es ihm nicht an. Ben zieht und hat die Peitsche in der Hand.

Er hebt beschwichtigend die Hand: „Hören Sie Miss, Sie können hier nicht so schnell fahren, hier laufen Menschen über die Straße, eventuell Kinder, das geht so nicht!"

Aber sie schreit ihn wütend an: „Wie kommen Sie dazu mit mir zu sprechen, und meinen Wagen anzuhalten, Sie unverschämter Lümmel! Verschwinden Sie!"

Sie zieht am Zügel, aber Ben hält das Pferd fest. Wieder schreit sie: „Weg, weg, verschwinden Sie, Bandit, Straßenräuber! Weg, weg!"

Ben tritt nun einen Schritt näher an sie heran. Miss bleiben Sie ganz ruhig, ich bin hier der Deputy. Hören Sie mir gut zu.

Sie aber keift: „Ich höre Ihnen nicht zu, lassen Sie mich gefälligst durch!"

Plötzlich hat sie einen kleinen Revolver in der Hand.

„Gehen Sie mir aus dem Weg oder ich schieße auf Sie", zischt sie. Ben sieht ihr in die Augen, und was er sieht ist nicht gut, er weiß, diese Frau blufft nicht! Sie wird schießen.

„Also gut, wie Sie wollen!" Er lässt das Gespann los. Ben hebt beschwichtigend beide Hände, die Handflächen zeigen zu ihr. Sie ergreift nun mit beiden Händen die Zügel. In dem Moment springt Ben heran und greift zu, fasst sie am Arm und zieht sie vom Bock. Sie fällt ihm in die Arme und er entwindet ihr den Revolver. Dann legt er sie mitten auf der Straße über das Knie.

„Da Sie unbelehrbar sind, lernen Sie es so vielleicht schneller. Dann versetzt er ihr einige Schläge auf das Hinterteil. Nun schreit sie noch wütender: „Aufhören, aufhören, sie gemeiner Kerl!" Dabei versucht sie irgendwie zu beißen und zu kratzen, aber sie kann höchstens in die Stiefel beißen. Dann stellt er sie auf die Füße uns spricht weiter: „So, nun fahren Sie ganz langsam aus der Stadt, und wenn ich Sie hier noch einmal so schnell fahren sehe, dann quartiere ich Sie bei der Bürgermeistersfrau ein, die kann mit Wildkatzen wie Ihnen umgehen. Die wird Sie sehr schnell zahm bekommen!"

Damit hebt er sie hoch und wuchtet sie auf den Bock des Einspänners, so dass sie gleich richtig sitzt. Die Peitsche wirft er hinterher. Dann führt er das Pferd in die Gegenrichtung und gibt ihm einen Schlag auf die Hinterhand. Die junge Frau wird zurück in den Sitz gedrückt und faucht: „Sie haben sich heute einen Feind geschaffen. Ich vergesse nie!"

Ben guckt hinter dem Einspänner her und grinst, dabei schüttelt er den Kopf und murmelt: „Was für ein wildgewordener Handfeger. Gott schütze die Männer vor dieser Furie!"

Er hebt den kleinen Revolver auf und steckt ihn in die Tasche. Dabei klopft er seine Kleidung aus und marschiert in Richtung Waffenschmied.

Sheriff Kating und Plug Snider, der Schmied betreten vorsichtig das Gebäude. Kating läuft das Wasser von seinem

Hut in den Nacken. Er hat Lederhandschuhe an und tastet sich vor. Er kennt das Haus des Waffenschmieds, aber irgendwie gelingt es ihm nicht, sich zu orientieren. Überall liegt noch der Staub in der Luft. Hinter dem Lichtpegel des Explosionsloches, der die Eingangstür weggerissen hat ist nicht viel zu erkennen. Sonnenstrahlen kommen durch die von der Explosion entstanden Ritzen und spiegeln sich im Staub. Überall sind diese Lichtpfeile und verwirren die Augen. Scheinbar ist in der Mitte des Raumes die Decke teilweise eingestürzt und Bretter hängen von der Decke herab, von denen er aber nur die Spitzen sieht. Sie schrammen seinen Hut. Im ganzen Raum sind Möbel durcheinander geworfen. Sie müssen sich um mehrere Teile herumtasten. Er stoppt und sagt zu Plug: „Ich habe irgendwie das Gefühl ich laufe im Kreis, kannst du die Tür sehen, die in die hinteren Räume führt?"

Snider knurrt: „Wir müssten unmittelbar davor sein. Das da vorn könnte der Türrahmen…"

Weiter kommt er nicht, denn in dem Moment biegt sich der Fußboden unter ihnen weg und beide fallen rutschend dreieinhalb Yards tiefer. Beide erreichen unversehrt die untere Etage. Snider hat sich das Hemd an einer gesplitterten Fußbodenbohle aufgerissen. Vorsichtig kommen sie hoch und tasten sich an etwas entlang: „Teufel, wusstest du, dass er einen Keller hat? Von hier muss die Explosion gekommen sein. Siehst du hier irgendwo Feuer. Ich sehe nur Dunkelheit?"

Sie stolpern weiter über Gegenstände, etwas kracht zu Boden. „Vorsicht, wir können uns nicht noch eine zerbrochene Petroleumlampe leisten, Moses!"

„Wir brauchen unbedingt Licht hier. Pass auf, ich mache jetzt Licht, wir müssen nur aufpassen, dass uns das

Streichholz nicht runterfällt, wer weiß, was an Pulver auf dem Fußboden liegt."

„Moses mach' mich nicht schwach, du musst es aber auch immer ganz genau wissen, also los mach schon. Es ist vielleicht gesünder, wenn wir sehen was uns auf den Kopf fällt!"

Der Sheriff fasst in seine Westentasche und greift ein Streichholz, er reibt es mit der rechten Hand an seiner Stiefelsohle an. Das Streichholz flammt auf und beide sehen einen zerfetzten Waffenschmied, oder was noch von ihm übrig geblieben ist. Sie halten die Luft an, dem Sheriff steht wieder der Krieg vor den Augen.

Er war Captain in der US-Armee. Das letzte Gefecht steht wieder vor ihm auf. Sie waren am Rio Grande in Texas stationiert. Im März einigte man sich auf einen Nichtangriffspakt, aber im Mai griffen sie dann trotzdem einen Außenposten der Konföderierten an. Als sie den Außenposten erreichten, sah es so ähnlich aus wie hier im Keller.

Er vertreibt die Gedanken und zeigt: „Da in der Ecke, in der Mauernische steht eine Lampe, lass uns versuchen sie zu holen und anzuzünden. Vorsichtig gehen sie über Trümmer hinweg. Als sie die Lampe erreicht haben, erlischt das Streichholz. Im gleichen Moment als sich der Scheriff bückt um die Lampe zu greifen, hört er ein Zischen und hinter ihm den überraschten Ruf des Schmieds. Gedankenschnell hat der Scheriff schon seinen Revolver mit der linken Hand gezogen und feuert nach vorne links. Im Mündungsfeuer erkennt er den Schatten einer Person, nur glitzert ein weiteres Messer in dessen Hand, hält es bereit zum Werfen. Der Sheriff feuert ein weiteres Mal auf die Person. Nur hat er dieses Mal besser getroffen. Kaltblütig hält er immer noch das abgebrannte Streichholz in der rechten Hand.

„Bist du verletzt Plug?" fragt er, denn er weiß, er hat seinerseits die Person getroffen. Er steckt das Streichholz in seine Hosentasche und nimmt ein neues heraus, reibt es wie vorher an, nimmt die Lampe und zündet sie an. Wieder steckt er das abgebrannte Streichholz in die Tasche. Das Licht erhellt den Raum und sie können sich umsehen. Mit der Lampe in der Hand sieht er zu dem liegenden Mann hinüber, der sein Halstuch vor dem Gesicht hat.

„Plug?" Der Sheriff sieht sich um, „was ist mit dir?"

„Ach, er hat nicht gut genug getroffen, das Messer erwischte mich irgendwie an der Seite, aber ich spüre nichts."

Dann lacht er: „Er hat den Gürtel erwischt, das nennt man Glück".

Als Schmied trägt er einen besonders breiten Ledergürtel.

„Da haben wir beide Glück gehabt. Gut, dass ich mich nach der Lampe bückte, sonst hätte er mich getroffen!"

An der Wand zusammengerutscht liegt der Mann mit dem Halstuch vor dem Gesicht. Beide gehen zu ihm und nehmen das Tuch vom Gesicht. Der Mann hat noch das Messer in der Hand, aber die Hand liegt auf dem Boden, der Scheriff tritt gegen das Messer und schiebt es damit zwei Yards weiter. Der Mann starrt sie an, Blut läuft ihm aus dem Mund, er hustet und dann atmet er aus. Der Sheriff bückt sich, zieht dem Mann das Halstuch vom Gesicht und stellt den Tod fest. Im Aufstehen öffnet er seinen Revolver und schiebt die leeren Patronen heraus, dann greift er in seinen Gürtel und füllt neue in die leeren Kammern.

„Kennst du ihn, ich kann mich nicht erinnern ihn schon einmal gesehen zu haben", fragt der Scheriff zum Schmied gewandt.

Plug beugt sich ein wenig vor und sieht ihn sich genau an.

„Es scheint ein Halbblut zu sein. Für mich sehen die fast alle gleich aus, ich kann sie einfach nicht wirklich auseinander halten. Aber vielleicht ist es auch nur der Schmutz. Manchmal erkenne ich solche Personen nur an der Stimme oder ihrem Gehabe. Er sieht sehr abgerissen aus, hier bei uns laufen sie nicht so abgerissen herum. Dieser Mann ist auch mir unbekannt."

Kating bückt sich erneut und zieht einen Messingkerzenleuchter aus dem Gürtel des Mannes. Der Leuchter ist für nur eine Kerze. Die zwei Hälften, die die Kerze hielten sind oben weit auseinander gebogen. Der Schieber, der zwischen den beiden Hälften war, um die Kerze, wenn sie herunterbrennt nach oben zu schieben, fehlt.

„Warum wollte er den Leuchter mitnehmen? Wie kommt er so schnell hier ins Haus, es ist nicht mal ein halbe Stunde vergangen, seit der Explosion", der Sheriff sieht auf seine Taschenuhr.

„Was wollte er damit, nur stehlen, er hätte hier bestimmt wertvollere Sachen mitnehmen können. Wurde er geschickt um den Leuchter zu holen, wusste jemand, dass es hier eine Explosion geben würde. Sieh dir den Leuchter an, er ist oben auseinandergerissen, wie ist das passiert?"

Er steckt die Uhr mit der rechten Hand wieder in die Westentasche und sieht sich jetzt genauer um. Werkbänke. Kleinere Geräte, Werkzeuge. Auf dem Fußboden liegen Mengen von Patronenhülsen, auch fertige Patronen allen Kalibers. Bleigeschosse, Teile von Gewehrschlössern und anderen Gewehren und Revolverteilen. Von Colt, Remmington, Henrystutzen, der neue Winchester 76, einer Scharp.

„Der alte Jenkings hatte seine Werkstatt hier unten. Sehr umsichtig, nicht auszudenken, wenn er die Werkstatt oben gehabt hätte, das ganze Haus wäre zerlegt worden. Die Mauern hier unten haben besser standgehalten als es die Wände oben getan hätten. Nun hat er es hinter sich. Ich weiß noch nicht was hier genau passiert ist, aber ich werde es herausbekommen. Erst einmal nehmen wir den Kerzenhalter mit, ich sehe hier kein Pulver oder Presspulverstangen. Nur…", er tritt auf ein Teil und sieht nach unten.

„Das ist doch ein Fassreifen, also ist hier ein Fass Pulver explodiert, aber wie konnte das geschehen und der Kerzenleuchter, hm, hm, hm. Da drüben liegt ein Paket mit mehreren Kerzen, die könnten hier in diesen Leuchter passen".

Er geht und holt eine Kerze, dann hält er sie in den Messingleuchter, „wenn man sich jetzt vorstellt, dass der Leuchter oben zusammengedrückt war, würde die Kerze genau passen. Also gut, hier besteht keine Explosionsgefahr mehr, da vorne ist die Treppe, wenn wir Glück haben können wir sie benutzen".

Über viele Dinge am Boden steigend, bewegt er sich zur Treppe und geht zwei Stufen hinauf, dann drückt er von unten gegen die Klappe. Sie bewegt sich ein wenig, aber nur einen Spalt breit.

„Es liegt oben etwas auf der Luke, hier kommen wir nicht raus. Also, Plug, dann hilf mir mal hier hoch zu kommen".

Der Schmied faltet die Hände und der Scheriff steigt in sie, von dort auf die Schulter des Schmiedes, zieht sich an einem Balken hoch. Inzwischen hat sich der Staub ein wenig gelegt und er kann mehr erkennen. Er tritt zur Klappe, es liegt ein schwerer Ladentresen darauf. Er schiebt ihn zur Seite, öffnet die Klappe und ruft: „Plug, du kannst jetzt raufkommen".

Sofort taucht der Kopf vom Schmied auf und dieser stapft schweren Schrittes die Stufen hoch.

Inzwischen ist draußen aufgeräumt worden, die Leute stehen abwartend auf der anderen Straßenseite gegenüber vom zerstörten Haus des Waffenschmieds. Der Bürgermeister hat inzwischen seine Würde wiedergefunden und seinen Hut wieder aufgesetzt. Er spricht mit dem Wirt vor dem Saloon, der dort mit seiner Tochter steht. Sie hat sich inzwischen wieder gefasst, sieht aber noch ein wenig blass aus. Trotzdem versucht sie zu lächeln.

Ein Gemurmel geht durch die Reihe der Anwohner. Die Menschen diskutieren miteinander, als die beiden aus den Trümmern des Hauses vom Waffenschmied treten.

Beide blinzeln in die Sonne. Sie sind über und über mit Staub bedeckt. Der Sheriff entlässt den Schmied mit den Worten: „Plug, du kannst nach Hause gehen, du willst dich sicher waschen und ein neues Hemd anziehen. Den Rest regelt der Bürgermeister. Danke für deine Hilfe."

„Okay Sheriff, nicht dafür. Ich danke auch dir für mein Leben!"

„Doch genau dafür! Es ist ja nicht selbstverständlich mit mir in eine explosive Ruine zu steigen, auch wenn ich dir das Leben retten musste!", knurrt Kating.

Er tritt an den Bürgermeister heran. Ein Lastkarren mit aufgesammeltem Schutt fährt vor ihm davon. Er hört den Kutscher: „Los ihr müden Biester, hejah, wollt ihr wohl ziehen, los, sonst mache ich aus euch Pferdesteaks, hejah".

Ein Grinsen huscht über Katings Gesicht. Er kennt Smooky, den alten Mietstallbesitzer.

Der Bürgermeister sieht ihn und wendet sich ihm zu. Unruhig kommen seine Fragen, die er mit seinen Händen und Armen kommentiert: „Wie sieht es aus, besteht noch Gefahr? Was ist da drinnen passiert? Warum wurde geschossen?"

„Wussten Sie, Bürgermeister, dass das Haus einen Keller hat?"

„Was sagen Sie da? Wieso hat das Haus einen Keller, so etwas hätte ich doch wissen müssen, besteht noch Gefahr?"

Der Bürgermeister schweigt verwirrt.

„Nein, es besteht keine Explosionsgefahr mehr, sagen sie dem Totengräber Bescheid, dass er im Keller die Reste vom Waffenschmied und einen toten Mann finden wird. Er soll einen Veteranen mitnehmen, der den Anblick erträgt. Ich musste den Fremden leider erschießen, denn er warf im Dunkeln mit einem Messer auf uns."

Er hebt seinen Hut und kratzt sich am Kopf. Er spricht weiter und weist den Bürgermeister an: „Der tote Fremde soll im Sarg am Saloon ausgestellt werden, vielleicht erkennt jemand den Mann. Wir werden wohl die Tochter von Jenkings benachrichtigen müssen. Sie ist die Erbin und muss sagen, was sie nun mit dem Haus machen will."

Ben hat inzwischen das Haus vom Waffenschmied erreicht. Er umrundet das Haus. Hinter dem Gebäude befindet sich ein eingezäunter Platz. Hier werden die Wagen mit den Lieferungen für den Waffenschmied ausgeladen. Er glaubt seinen Augen nicht zu trauen, dort steht der leichte Einspänner, daneben die blonde Frau. Er kratzt sich am Hinterkopf und schiebt damit seinen Hut nach vorne.

Was will denn der wildgewordene Handfeger hier, fragt er sich innerlich. Er geht auf sie zu, dabei schiebt er ein wenig seine Weste hinter den Deputystern an seinem Hemd, damit man ihn besser sehen kann.

„Sie schon wieder, ich sagte Ihnen doch…"

Nun fällt ihr Blick auf den Stern an der Brust von Ben. Sie beißt sich auf die Zunge, ihr Gesicht wird rot, sie ist wütend. Dann strafft sie sich: „Was wollen Sie, Sheriff?"

„Miss, ich bin der Deputy", Ben tippt sich an den Hut,

„Ich möchte gerne wissen was Sie hier machen, warum stehen Sie hier?"

Sie schnauft durch die Nase, dann betrachtet sie ihn von oben bis unten.

„Laufen hier die Männer immer so dreckig herum. Und werden hier immer die Frauen geschlagen? Nun, dann muss ich wohl aufpassen was ich sage, nicht wahr, Sir?"

Sie macht eine Pause, wobei sie ,Sir' überdeutlich betont.

In diesem Moment kommt Sheriff Kating um die Ecke, und tritt zu den beiden. Er tippt an den Hut und fragt: „Miss?"

Ihr Mund verzieht sich zu einem abfälligen Ausdruck.

„Tatsächlich, hier laufen alle Männer so dreckig herum, na, wer hätte das gedacht. Darf ich Ihren Namen erfahren Sheriff oder stellen Sie sich nie vor? Ihr Deputy hat sich jedenfalls noch nicht vorgestellt, er hat mich geschlagen und mir einen Revolver entwendet. Sind das hier die Sitten, na, dann verstehe ich warum mich mein Vater nach Santa Fee in die Schule geschickt hat. Was sagten Sie, wie heißen Sie?"

Bevor sie weiterreden kann, fällt ihr Kating ins Wort: „Ich habe meinen Namen noch nicht genannt. Mein Name ist Kating. Das ist mein Deputy Ben Adams. Es tut mir leid wenn Sie Unannehmlichkeiten mit meinem Deputy hatten, ich entschuldige mich dafür. Ich nehme an, Sie sind die Tochter von Jenkings, Miss?"

„Richtig geraten Sheriff", kommt es schnippisch zurück.

„Ich bin Kate Jenkins. Würden Sie mich nun bitte durchlassen. Ich sagte Ihrem Deputy, was ich von Seinem Verhalten halte, und glauben Sie mir, er wird es noch zu spüren bekommen. Geben Sie mir meinen Revolver wieder!"

Sie dreht sich zu Ben und hält die Hand auf.

Sheriff Kating antwortet ruhig: „Miss Jenkins, es tut mir leid, aber Sie können nicht ins Haus. Man sieht es von hier nicht, aber die Werkstatt Ihres Vaters ist explodiert. Ihr Vater ist tot. Es tut mir leid."

„Das sagten sie bereits Sheriff, dass es Ihnen leid tut."

Ben greift inzwischen in seinen Gürtel im Rücken und holt den kleinen Revolver heraus. Er entfernt die Patronen und legt den Revolver mit den Patronen in die offene Hand von Miss Jenkings. Sie nimmt den Revolver und lässt die Patronen fallen.

Zu Ben gewandt sagt sie spitz: „Würden sie bitte die Patronen in meinen Wagen legen, Deputy, Danke!"

Sie wendet sich an den Sheriff: „Ich werde ins Hotel ziehen bis ich vom Bürgermeister was Genaues weiß. Guten Tag meine Herren!"

Sie steigt in ihren Einspänner, dabei lehnt sie die Hilfe vom Sheriff ab und fährt davon.

Kating lächelt kalt: „Ja, Ben das ist vielleicht eine Beißzange, du kennst sie schon länger?"

Ben nickt mit dem Kopf.

„Moses, ich kann dir sagen, diese Frau ist gefährlich, das ist eine Wildkatze der schlimmsten Sorte, die hat der Tod ihres Vaters überhaupt nicht berührt."

Ben hebt die Patronen auf und steckt sie in die Westentasche. Er berichtet kurz was sich auf der Hauptstraße zugetragen hat. Dabei merkt man ihm an, dass es ihm etwas unangenehm ist, über die Schläge auf das Hinterteil zu sprechen.

„Okay Ben, wir sehen aus wie die Geister. Du ja nicht einmal so schlimm wie ich. Am besten wir gehen uns erst einmal waschen und dann müssen wir zur Bank um Entwarnung zu geben."

Sheriff Kating und Ben betreten das Büro von Nathan Hopkins dem Bankdirektor. Wie immer ist er im Anzug und mit einer Brokatweste gekleidet. Die Lederschnur ist unter seinem Hemdkragen ordentlich geknotet. Dieser begrüßt sie freundlich. „Immer herein, ich hoffe Ihr bringt Neuigkeiten mit. Lasst uns in meinen Privatraum gehen, da sind wir ungestört".

Er hält einladend die Tür auf und lässt seine beiden Gäste durchgehen. Im Raum sind fünf rote schwere Ledersessel um einen Tisch drapiert. In der Ecke steht eine große Standuhr. Ihr riesiger Perpendikel schwingt hinter einer Glasscheibe, wobei es sehr leise tickt.

„Nehmt Platz, wo ihr wollt", zeigt er mit der Hand. Er tritt an einen wertvollen Tisch, auf dem Getränkeflaschen stehen und schenkt Whiskey in drei Gläser, er nimmt zwei und gibt Moses und Ben je ein Glas. Nun greift er seins, während er eine Kiste mit Zigarren in die andere Hand nimmt und setzt sich auf einen der roten Sitzmöbel. Die Kiste Zigarren stellt er auf den Tisch. Der Sheriff und Ben werfen ihre Hüte auf einen leeren Sessel. Nathan nimmt eine Zigarre und bietet sie mit einer Handgeste an: „Bitte bedient euch".

Auch der Sheriff und Ben greifen zu, sie halten die Zigarre ans Ohr und rollen sie leicht zwischen den Fingern. Ein ganz feines Knistern ist zu hören. Nun halten sie sie unter die Nase, ja eine sehr gute Zigarre. Natan Hopkins reicht dem Sheriff einen Zigarrenabschneider. Dieser nimmt ihn entgegen und schneidet die Zigarre ab, worauf er ihn an Ben weiterreicht.

Der Sheriff sieht den Bankdirektor an und denkt, er ist acht Jahre jünger als ich. Wir beide kennen uns gut, denn wir waren beide in der US-Armee. Während der Rauch vor seinen Augen aufsteigt, gehen Seine Gedanken zurück. Ich war damals Captain. Alles steht vor seinem inneren Auge wieder auf:

Der Adjutant betritt das Zelt:

„Captain, Sir!"

„Was gibt es Wooley?" Captain Kating blickt von seinem Plan auf.

„Sir, sorry wenn ich störe."

Der Captain lehnt sich zurück. Mit einem etwas sarkastischen Ton reagiert er: „Es ist doch Ihre Aufgabe mich zu stören."

Der Adjutant ist nervös.

„Ja, Sir. Der Major ist gekommen. Er wird gleich hier sein!"

„Danke Wooley! Sie können gehen, aber bleiben sie in der Nähe, falls ich sich brauche. Ab!"

„Sir, ja Sir!" Der Adjutant dreht auf dem Absatz um, klappt die Stofftür nach außen und verlässt das Zelt.

Der Captain erhebt sich und knöpft seine Jacke zu. Prüft kurz seine Uniform, setzt sich wieder und blickt erwartungsvoll auf den Zelteingang. Die Zeltwand ist wieder in ihre Ausgangsposition zurück gependelt und das Zelt ist geschlossen. Wieder lehnt sich der Captain zurück und steckt sich eine Zigarre an. Was will der alte Haudegen jetzt schon wieder? denkt er: Die Befehle vom Alten haben ihn schon viele Männer gekostet und obwohl er weiß, dass der Major auch nur seine Pflicht tut, hat er eine Abneigung gegen ihn, er kann sich manchmal des Gefühls nicht erwehren, dass es dem Major nicht nur um die Erfüllung seiner Pflicht geht, wahrscheinlicher scheint es ihm, er will unbedingt Karriere machen und geht deshalb über Leichen. Hoffentlich nicht über seine!

Der Captain legt die Zigarre ab, denn er hört Schritte. Die Zeltplane wird zurückgeschlagen und der Major tritt ein.

Der Captain steht auf und schlägt die Hacken zusammen und grüßt. Auch der Major grüßt und befiehlt: „Setzen Sie sich Kating, ich muss mit Ihnen reden."

Der Captain zeigt auf den zweiten Stuhl und setzt sich. Der Major nimmt den Stuhl und stellt ihn an den Tisch. Dann beugt er sich weit über den kleinen Tisch zum Captain und wispert leise: „Ich muss sicher sein, dass keiner außer Ihnen das Gespräch mitbekommt. Der Captain nickt und macht eine Geste des Abwartens. Er ruft: „Wooley!"

Im nächsten Moment wird die Zeltbahn aufgeschlagen und der Adjutant steht im Zelt.

„Kommen Sie näher, Wooley!"

„Ja, Sir." Man kann überdeutlich das Fragezeichen in Wooleys Gesicht sehen. Er macht einen Schritt nach vorne. Der Captain winkt. Wieder macht der Adjutant einen Schritt. Ungeduldig winkt der Captain ihn ganz heran. Nun befiehlt auch er, aber ganz leise: „Wooley, ich weiß ich kann mich auf sie verlassen. Sie werden jetzt um unser Zelt gehen und zwar langsam und sie werden darauf achten, dass niemand näher als fünf Schritt an das Zelt kommt, haben sie mich verstanden? Auch sie nicht, bis ich sie rufe, klar?"

Der Captain sieht wie Wooley Luft holt, schnell sagt er in ruhigem Ton: „Leise Wooley, leise, sie brauchen nicht immer so zu schreien!"

Sichtlich verunsichert sagt Wooley leise: „Darauf achten, dass keiner dem Zelt näher kommt als auf fünf Schritt, auch ich nicht. Andernfalls mache ich Meldung, richtig Sir?"

„Gut Wooley, sie sind noch nicht lange bei mir, aber wir werden uns schon aneinander gewöhnen. Sie können jetzt gehen."

„Sir, ja Sir!" Wieder dreht der Adjutant auf dem Absatz um, klappt die Zeltwand nach außen und verlässt das Zelt.

„Kann man sich auf den Mann verlassen, sie sagten gerade, er ist noch nicht so lange bei ihnen?" Der Major greift in seinen Rock und holt eine Zigarre hervor.

„Unbedingt, er ist vom Sternzeichen Jungfrau und absolut geordnet und übergenau. Eher würde er sich einen Finger abbeißen, als jemanden an das Zelt heran zu lassen. Ich bürge für ihn!"

„Gut, denn es geht um ihren Kopf Captain. Sie haben sich in den letzten Kämpfen hervorgetan durch Entschlusskraft und Mut. Ohne Sie wäre der Handstreich gegen die CSA hier nicht gelungen. Aber zum Thema…"

„Einen Moment Sir, wenn es um einen neuen Befehl geht, dann hätte ich gern First Lieutenant Hopkins dabei. Er ist meine rechte Hand und ohne Ihn werde ich es nicht schaffen, und hätte es bisher auch nicht geschafft. Sollte es nur eine Information sein, dann bitte ich um Verzeihung."

„Nein, sie haben Recht, lassen sie Hopkins holen, er kann mithören, dadurch verlieren wir keine Zeit."

Der Major steckt sich die Zigarre an. Zehn Minuten später ist Hopkins im Zelt und auch für ihn brachte die Ordonanz einen Stuhl.

„Da nun alle beisammen sind, kann ich beginnen. Nachdem wir dieses Lager der Konföderierten im Handstreich genommen haben, dank ihrer Hilfe." Der Major wedelt mit seiner Zigarre und zeigt auf dem Captain.

„Und ihrer Hilfe natürlich auch." Er nickt in Richtung Hopkins, haben wir auch sofort an Sie gedacht mit unserem Spezialauftrag. Es ist fast zum Lachen, aber trotzdem verdammt ernst. Im Zelt des Colonels der Konföderierten fanden wir eine Kiste mit Goldbarren. Gutes Unionsgold, das uns erst vor einer Woche aus einem Zug gestohlen wurde. Dieser Fall ist also geklärt. Nun muss dieses Gold aber wieder nach Norden hinter die feindlichen Linien ins Hauptquartier. Versuchen sie von hier aus nach El Paso durchzukommen, immer am Rio Grande hoch. Ich habe Ihnen hier alle Namen und Adressen aufgeschrieben. Sie werden sie auswendig lernen und das Schriftstück dann vernichten. Sie sind *loyal, absolut zuverlässig und tüchtig und ich weiß, dass Sie der richtige Mann sind. Sie werden es schaffen. Noch Fragen?"*

„Ja, Sir. Wo ist die Kiste und wann kann sie abgeholt werden. Wie schwer ist die Kiste, ungefähr?"

„Okay, sie wollen sich ein Bild machen von der Kiste, sie ist nicht allzu groß, aber sie wiegt 100kg. Die Kiste ist bei mir im Munitionswagen. Sie müssen zu mir zum Wagen kommen und sie dort abholen."

„Danke Sir, ich habe schon eine Idee. Wir werden mit zwei Munitionskisten kommen und die Barren in die Munitionskisten umpacken. Es ist dann ganz natürlich, dass wir mit Munitionskisten zum Munitionswagen kommen. Es wird so aussehen als wenn wir von Ihnen Munition bekommen."

„Gut machen wir es so. Aber seien sie selber dabei, ich werde niemandem die Kisten anvertrauen, wenn sie nicht dabei sind."

„Jawohl, Sir. Ich werde natürlich die Aktion überwachen."

Der Major erhebt sich, grüßt und geht aus dem Zelt. Der Captain und First Lieutenant Hopkins erheben sich und grüßen ebenfalls.

„Nun Nathan, da hat der Alte uns ja ein tolles Ei ins Nest gelegt. Jetzt haben wir nicht nur den Feind gegen uns, sondern auch noch die eigene Truppe, wenn sie davon Wind bekommt."

Captain Kating setzt sich wieder und ruft:„Sergeant Wooley kommen sie rein!"

Sofort geht das Zelt auf und Wooley steht im Zelt: „Sir?"

„Holen sie mir Master Sergeant Gray!"

„Ja Sir!"

„Was willst du mit Gray, Moses?"

„Wir können nichts ohne Gray unternehmen, Nathan. Er ist unser dienstältester Master Sergeant und für die Munition verantwortlich. Ohne ihn könnte sich manch einer Fragen stellen. Er muss dabei sein. Auch wenn er nur die leeren Kisten hinbringt und die fertigen Kisten in Empfang nimmt. Außerdem muss er sie

verschließen, er hat die Aufsicht über die Schlösser. Wir werden die Schlösser später tauschen. Du wirst ihn die ganze Reise über im Auge behalten müssen."

Die Zeltbahn wird aufgeschlagen: „Sir, Master Sergeant Gray ist da."

„Danke Wooley. Soll reinkommen."

„Sir, es ist vielleicht besser, wenn sie herauskommen."

Man sieht förmlich wie sich Wooley windet um dieses aus sich herauszubringen.

Der Captain steht auf, er ahnt schlimmes. Er tritt vor das Zelt und bleibt stehen. Vor ihm stehen drei Personen. In der Mitte Master Sergeant Gray. Dieser knallt die Hacken zusammen, grüßt und meldet: „Master Sergeant Gray meldet sich zur Stelle." Rechts und links von ihm stehen Sergeant Carey und Corporal Hawks. Sie passen auf, dass der Master Sergeant nicht umfällt.

„Mann, sie schwanken ja wie ein Schilfrohr, sie haben getrunken Gray!"

„Ja, Sir. Ich hatte heute dienstfrei. Und Schnaps ist Schnaps und Dienst ist Dienst."

Zu Hawks und Carey gewandt: „Wie haben Sie ihn so schnell gefunden?"

„Er war bereits auf dem Rückweg in sein Zelt."

„Sie beide sorgen mir dafür, dass er in einer Stunde wieder hier ist, nüchtern, klar?"

Wie aus einem Munde beide: „Jawohl Sir!"

Master Sergeant Gray schmettert die Hacken zusammen und grüßt, dann dreht er seine beiden Begleiter um und schnauzt: „So, Jungs und nun wird gebadet." Damit stapft er davon und seine beiden Begleiter müssen sich beeilen um mitzukommen.

„Lassen sie zum Abmarsch blasen." Der Captain legt seinen Säbel an. Wooley wieselt hinaus und kurz darauf ertönt das

Trompetensignal zum Sammeln auf dem Exerzierplatz. Der Captain verlässt das Zelt. Draußen steht sein Pferd. Es wird von einem Corporal gehalten, der wartet.

Als der Captain den Exerzierplatz erreicht steht sein Zug von dreißig Reitern bereit. Sie sitzen auf ihren Pferden und stehen Pferd an Pferd nebeneinander.

Der Captain reitet direkt vor die Männer, so dass ihn alle sehen und hören können.

„Männer, wir haben neue Befehle. Uns wurde eine Spezialmission anvertraut. Wichtig sind unsere Scouts. Wir werden, wenn möglich allen Scharmützeln aus dem Weg gehen, denn unser Auftrag ist es nicht den Feind anzugreifen, sondern etwas Wichtiges aus dem Land zu schaffen. Es kann kriegsentscheidend sein. Unsere Scouts werden für uns den besten Weg erkunden.

Männer ihr wurdet ausgewählt, weil ich euch lange kenne und ich mich bisher auf euch verlassen konnte. Wir wollen durchkommen, das ist unser Auftrag."

Er wendet sich zu Hopkins und befiehlt: „In zweier Reihen abmarschieren lassen."

„In zweier Reihen, marsch!" Hopkins gibt es weiter an Master Sergeant Gray. Dieser ruft: „Trompeter in zweier Reihen, vorwärts marsch!"

„Lieutenant haben sie alle Packtiere kontrolliert. Sind unsere speziellen Pakete gesichert?"

„Ja, Captain, ich habe alles im Auge!"

„Gut, lassen sie die Scouts vorreiten, ich will alle Stunde zumindest von einem Scout einen Bericht."

Der Lieutenant zieht sein Pferd herum und reitet ein wenig zur Seite, und lässt die meisten Soldaten an sich vorbeiziehen. Dann drängt er sein Pferd zu den drei Scouts und gibt ihnen Anweisungen. Natürlich hat er darauf geachtet, dass es keine Cherokee Indianer sind, denn diese sind mit dem Feind verbündet.

Es sind zwei Arapahoe Indianer und ein weißer Trapper. Der Trapper will auch nach El Paso und hat sich angeschlossen, danach will er hinauf bis Montana. Die beiden Arapahoe sind schon mit dem US-Militär in den Süden gekommen.

Captain Moses dirigiert sein Pferd zu seinem First Lieutenant Hopkins und spricht ihn an: „Wir reiten am Rio Grande lang bis wir wissen wo der Feind steht, dann umgehen wir sie und versuchen wieder den Rio Grande zu erreichen. Das ist die grobe Marschrichtung. Ich hoffe, dass wir ohne Feindberührung durchkommen. Was hältst du eigentlich von diesem Befehl? Von dir habe ich noch gar nichts gehört, keine Meinung dazu?"

„Ja, Moses. Für mich ist ein Befehl ein Befehl. Ich hinterfrage sie nicht, wie du weißt. Aber eine Meinung habe ich schon. Mit unserem einen Zug sind wir sehr schwach, sollten wir auf den Feind stoßen, werden wir uns kaum halten können. Wenn du also ohne Feindberührung durch kommen musst, dann sollten wir den Soldaten sagen, dass sie alles was klimpert nicht mehr klimpern lassen und im wahrsten Sinne des Wortes uns durch die Linien schleichen. Die Konföderierten haben eine sehr gute Infrastruktur, sie sind dadurch außerordentlich beweglich. Wir kennen nicht alle Wege, aber sie. Ich habe es schon die ganze Zeit, seit wir im Süden sind, bewundert. Gut ausgebaute Straßen. Ein sehr geschlossenes Wegenetz. Außerdem besitzen sie ein sehr geschlossenes Telegrafennetz. Mit anderen Worten, wenn sie uns entdecken, haben wir so gut wie keine Chance."

„Hey, so pessimistisch kenne ich dich ja gar nicht, Nathan!"

„Moment, du hast mich nach meiner Meinung gefragt, das ist meine Meinung, die ich auch nur dir preisgebe. Das hat nur etwas mit Beobachtung zu tun, nicht mit Pessimismus. Es sind Fakten, die sich nicht einfach vom Tisch wischen lassen. Trotzdem bin ich hier. Also was willst du?"

„Okay, ich danke dir für deine Offenheit und deine Analyse. Sag jetzt Master Sergeant Coleen Gray Bescheid, dass er für Ruhe sorgt."

Lieutenant Hopkins dreht sein Pferd um und lässt sich zurückfallen.

Es ist der 28. März 1865. Sie sind jetzt eine Woche unterwegs und man spürt schon den Frühling. Es wird täglich wärmer und morgens wird man nach der kalten Nacht immer schneller warm. In der Mittagszeit ist die Sonne schon sehr heiß und sie müssen täglich dafür sorgen, dass genug Wasser für die Tiere und die Soldaten da ist. Die Kundschafter kommen jetzt immer später zurück zur Truppe und berichten. Sie reiten immer weiter vor und erkunden immer weitere Gebiete. Wenn sie zum Rapport eintreffen, haben sie immer die gleiche Meldung. Keine Feindberührung. Bis Mittag reiten sie weiter und warten einmal wieder auf die Scouts. Der Captain lässt rasten, denn er will, dass seine Soldaten ausgeruht und kampffähig bleiben. Er lässt ein wenig vom Ufer weg reiten um im gehörigen Abstand vom Ufer des Rio Grande zu sein. Bei diesem Ausweichmanöver stoßen sie auf den weißen Scout. Er kommt und berichtet: „Sir, vor uns lagern größere Truppen der Grauen am Ufer des Rio Grande. Ungefähr ein Tagesritt entfernt. Es ist mindestens ein Bataillon. Ca. fünf Kompanien jeweils vier Zügen. Ich schätze so um die sechshundert Soldaten. Auch sie werden Kundschafter haben und Ich empfehle schnellstens auszuweichen und zwar sehr weiträumig. Mindestens einen Tagesritt vom Fluss entfernt."

„Danke für Ihren Bericht. Sie können sich jetzt etwas zu essen und trinken holen und sich ausruhen."

Der Scout tippt nur an die Mütze und wendet sein Pferd, dann reitet er langsam auf das Essensfeuer zu. Kurz vorher steigt er ab. Das Pferd bleibt einfach stehen. Er geht an die Essensausgabe und lässt sich sein Essen geben. Er will es an einer Baumgruppe einnehmen und setzt sich dort nieder, sein Pferd folgt ihm. Einen Moment später ist er nicht mehr zu sehen.

Der Captain wendet sich an seinen Lieutenant.

„Guter Mann, ich hoffe wir sehen die anderen beiden Scouts noch wieder. Wir werden natürlich seinem Rat folgen und ausweichen. Das verlängert unseren Auftrag erheblich. Sagen sie Gray Bescheid. Wir weichen nach Westen aus ins Gebirge, ich hoffe, wir werden dort unsichtbar. Es dürften noch ca. zweihundert Meilen bis Neumexiko sein. Versuchen wir uns dünn zu machen. In einer Stunde brechen wir auf und machen uns aus dem Staub. Die Männer sollen alle Spuren so weit als möglich verwischen. Ich habe ein paar Pläne von dieser Gegend und hoffe sie helfen uns. -

Okay, lass uns auch was essen!"

Auch der Captain und sein Lieutenant sitzen ab, lassen sich Essen geben. Sie nehmen es zusammen ein.

Der Lieutenant steht nach dem Essen auf, geht zum Master Sergeant Gray und gibt Anweisungen. Danach legen sie sich einen Moment lang auf den Boden um den Rücken zu entlasten.

Die Männer sitzen ruhig um das Feuer und sprechen leise miteinander. Inzwischen wissen sie, dass sie nach Westen ausweichen, weil vor ihnen ein starker Verband des Feindes am Ufer des Rio Grande ist. Sie alle beginnen dann Wasser aus dem Fluss zu schöpfen und alle Feldflaschen und Schweineblasen zu füllen um im Gebirge genügend Wasser zu haben, bis sie auf Wasser stoßen.

Heute ist der 2. April 1865. Sie sind etwa vierzig Meilen in westlicher Richtung geritten. Captain Kating hofft, dass diese Distanz ausreicht um im Gewirr des Gebirges ungesehen nach Norden weiter vor zu stoßen. Das Gebirge ist trocken. Es gibt so gut wie keinen Bewuchs. Die Sonne ist sehr heiß und der Tag wird

anstrengend werden. Kating hat heute irgendwie schlechte Laune.
Ihm gefällt es nicht so weit auszuweichen zu müssen, wegen etwas
mehr als hundert Kilogramm Gold. Auch die Pferde werden
gefordert und es musste eine Notschmiede eingerichtet werden, da
drei Pferde Hufeisen verloren haben. Das Gebirge fordert Tribut.
Da es kaum Bewuchs gibt, reitet man fast nur über Geröll. Gestern
haben sie einen Scout verloren. Er ist nach über drei Tagen nicht
wieder gekommen und man hat ihn abgeschrieben. Er muss also
Feindberührung gehabt haben. Es bleibt nur noch ein Indianerscout
und der weißen Trapper Archie Stout. Der Trapper hat ein
unscheinbares Pferd, es ist schwarz weiß gefleckt und ein
Appaloosa. Nur ein Kenner sieht, dass dieses Pferd unbezahlbar ist.

Plötzlich steht der Trapper vor ihnen, als sie um eine Ecke eines
Seitentales kommen. Er reitet langsam auf sie zu und bleibt dann
stehen und wartet auf die Pferdesoldaten. Kating kommt zuerst bei
ihm an und sieht ihm in die Augen. Sofort weiß er, schlechte
Nachrichten. Der Trapper wendet sein Pferd und reitet in die
Gegenrichtung. Kating ist neben ihm. Nach etwa einhundert Yards
hält er an und nickt mit dem Kinn in eine Richtung. Kating folgt
der Geste und sieht den Scout Indianer an einen Pfahl gebunden. Er
ist tot.

„Gibt es sonst noch Nachrichten?" Kating sieht seinem
Gegenüber in die Augen. Dieser hält seinem Blick stand und fast ist
es ihm als wenn da ein kleines Lächeln wäre.

„Vor uns ist eine Gruppe von Soldaten, was sie hier machen ist
mir nicht klar, vielleicht Patrouillesoldaten, ungefähr so stark wie
wir, vielleicht etwas stärker, allerdings haben sie keine Packtiere.
Am liebsten würde ich ihnen sagen: drehen sie ganz um. Aber ich
sage ihnen: drehen sie um aber nicht sehr weit und nehmen sie das
östliche Paralleltal. Ich hatte jetzt nicht genug Zeit um auch das Tal
zu erkunden, aber dieses Tal hier ist zu, das weiß ich sicher."

Kating ist natürlich klar, dass der Mann weiß, dass er, Kating,
nun eine schwere Entscheidung treffen muss. Der Trapper

schweigt. Er muss nichts mehr sagen. Alles ist gesagt worden. Inzwischen hat der Zug Soldaten aufgeschlossen. Der Captain gibt das Zeichen zum Anhalten. Er winkt den Lieutenant zu sich. Kurz darauf winkt der Lieutenant den First Sergeant hinzu. Nachdem Entscheidungen getroffen worden sind und Befehle ausgegeben wurden, dreht der Zug um und reitet wieder zurück. Nach drei Meilen öffnet sich wieder das Tal und die Soldaten reiten um die Ecke in das Seitental. Der Captain lässt anhalten. Er dreht sich zum Trapper Stout um und fragt: „In welche Richtung reitet der Feind? Kommt er auf uns zu oder reitet er von uns weg?"

„Er rastet. Ich konnte aber erkennen, dass sie in unsere Richtung ritten bevor sie gerastet haben."

„Was meinen Sie, kann man diese Geröllberge besteigen?"

„Sir, das wäre schon möglich, aber wozu? Es dauert sehr lange, es wäre sehr gefährlich und ihre Männer unten wären auch gefährdet. Außerdem würde der Mann oben auch keinen Einblick in die Täler haben, dazu sind sie zu verschlungen. Wenn sie mich schon fragen, ich würde abraten, denn wenn sie flüchten müssten oder kämpfen, käme der Mann von oben zu spät herab. Um Deckung zu haben, muss er bis ganz nach oben, vorher wäre er eine gute Zielscheibe."

„Danke für ihre Einschätzung, Sie reiten jetzt dieses Tal ab, wir werden hier warten bis Sie zurück sind. Ich werde auch einen Mann in die Richtung der Grauen schicken um zu sehen, wann sie wieder aufbrechen. Los reiten Sie. Erkunden Sie wenigstens die ersten zwei bis drei Meilen. Dann kommen Sie zurück."

Der Trapper nickt und reitet langsam an. Es ist fast Mittag und die Sonne steht hoch am Himmel. Es gibt kaum Schatten. Kating gibt Befehl: „Die Männer sollen sich irgendwie in den Schatten begeben."

Die Männer verteilen sich. Es ist Stille. Nur die Pferde schnauben manchmal leise.

„Corporal Charles Hawks zu mir." Der Lieutenant gibt leise diese Order aus. Kurz darauf kommt der Corporal und meldet sich, ebenso leise, zur Stelle.

„Corporal, sie nehmen sich einen Mann und reiten in das Tal, aus dem wir gerade kamen, zurück. Seien sie vorsichtig, vor ihnen rasten die Grauen. Wenn der Feind aufbricht kommen Sie und machen Meldung. Passen Sie auf Späher auf. Ich will Sie nicht verlieren. Ihr Auftrag ist überlebenswichtig für die ganze Truppe. Haben Sie das verstanden?"

„Ja, Sir!"

„Gut, dann reiten Sie!" Der Lieutenant nickt.

Die Sonne steht nun senkrecht und es gibt noch weniger Schatten. Die Männer kauern sich in Ecken oder setzten sich in die Schatten ihrer Pferde. Es wird kaum gesprochen. Jeder ist sich der Gefahr bewusst.

Die Minuten schleichen träge dahin. Über ihnen schreit ein Adler. Wieder kommt die Stille und deckt alles zu. Alle horchen, ob sie nicht ein Pferd hören, mit einem Reiter, der ihnen Nachricht bringt. In dieser Einöde rührt sich nichts. Kein Wind, kein Geräusch. Nur das Schnauben eines Pferdes. Auf einmal schreit ein Packesel auf und reißt an seinem Zügel. Der zuständige Soldat zieht sein Messer und wirft. Er trifft die Schlange in den Kopf. Der Esel schreit noch immer. Der Soldat zieht das Messer aus dem Kopf der Schlange und greift sie beim Schwanz und wirft sie weit weg. Der Esel beruhigt sich wieder.

Inzwischen sind drei Stunden vergangen. Kating greift in seine Uniformtasche und zieht seine Taschenuhr heraus. Trapper Stout, wenn er noch lebt, müsste jetzt wieder kommen. Er, Kating, hat keinen Schuss gehört. Aber wie weit trägt hier der Schall. Bei der Stille hätte man etwas hören müssen. Wie lange soll er hier warten. Auf einmal hört er Hufe. Um die Ecke kommt Corporal Hawks mit dem zweiten Mann. Er reitet auf den Captain zu. Er bleibt stehen, grüßt und meldet: „Sir, ich sah, dass die Grauen sich zum

Aufbruch rüsten. Sie werden nach meiner Schätzung in spätestens einer halben Stunde genau hier sein."

„Gut Corporal, sie können sich wieder in die Truppe eingliedern. Lieutenant zu mir."

Der Lieutenant tritt zu ihm.

„Ja, Sir."

„Sie haben gehört, was Corporal Hawks gemeldet hat?" Der Captain spricht leise.

Der Lieutenant antwortet in der gleichen Lautstärke.

„Ja, Sir. Ich habe alles mitgehört."

„Gut, Nathan." Der Captain beißt sich auf die Lippen: „Wir haben keine Zeit mehr, wir müssen jetzt nach vorne. Nehmen Sie sich zehn Männer und gehen voran. Dann geht Master Sergeant Grey mit zehn Mann im Abstand von fünfzig Fuß hinter ihnen her. Danach komme ich mit den letzten zehn Mann und den Packtieren. Die Lücken brauchen wir falls wir angegriffen werden. Ansonsten stehen wir uns alle im Weg. Aber achten sie und auch Grey darauf, dass sie immer in Sichtweite sind."

„Ja, Captain!"

Der Lieutenant gibt leise Befehle. Die Männer sitzen auf und reiten langsam und mit Blick nach oben voran. Bevor der erste Trupp eine Kurve erreicht hat, setzt sich der zweite Trupp in Bewegung. Auch die letzten zehn Soldaten folgen bevor wiederum Greys Trupp die Kurve erreicht hat. Als die Gruppe des Captains die Kurve umrundet, sieht er wieder beide Gruppen vor sich. Vor ihm geht es ein paar hundert Yards immer geradeaus.

„Besser als Nichtstun." Kating knurrt in sich hinein. Alle Männer haben ihre Gewehre in der Hand. Es wird nicht viel Staub aufgewirbelt, da alle drei Gruppen langsam reiten. Alle Männer gucken nach vorne und nach oben.

„Sergeant Carey zu mir." Der Captain zügelt sein Pferd.

„Ja, Sir."

„Sie bleiben hier und sichern die Kurve. Sollten die Grauen auch hier in diesen Canyon einreiten, kommen sie und machen Meldung. Wenn sie niemanden sehen, warten sie genau vierzig Minuten, dann kommen sie zurück, haben sie mich verstanden?"

„Kurve bewachen, nach spätestens vierzig Minuten zurückkommen, Sir."

„Gut Carey, ab."

Was hat den Trapper aufgehalten, der Mann ist fähig. Wenn er nicht kommt..., der Captain grübelt, ...ist er aufgehalten worden, entweder ist ihm der Rückweg versperrt oder man hat ihn erwischt und dann ist dies ein Scheißweg...Das ist die Ruhe vor dem Sturm.

Der Schuss, der aufpeitscht passt überhaupt nicht ins Bild. Ein einzelner Schuss. Die Echos zittern durch das Tal, aber Kating weiß. Es hat Sergeant Carey erwischt.

„Der Teufelskerl hat bestimmt den Schuss abgegeben, bevor es ihn erwischt hat. Armer Teufel." Kating murmelt in sich hinein.

„Los Männer nach vorne, aufschließen."

Seine harte, aber leise Stimme bohrt sich in die Ohren der Männer. Diese geben ihren Pferden die Sporen und reiten auf die Gruppe von Master Sergeant Grey auf. Der Captain hat seinen Revolver in der Hand und winkt Grey nach vorne aufzuschließen. Dieser versteht diese Geste natürlich sofort und winkt auch seinen Männern zu, aufzuschließen. Beide Gruppen schließen zur Gruppe des Lieutenants auf. Kating reitet auf Hopkins zu.

„Lieutenant, wenn wir angegriffen werden, sollen die Männer die Pferde auf den Boden legen und sich dahinter verschanzen. Lassen sie das weitergeben!"

„Ja Sir, wird sofort erle......"

Beide reißen Augen und Mund auf. Wie in Zeitlupe hebt sich vor ihnen die Wand eines Berges an. Sie kommt auf sie zu, dann bricht sie auseinander. Jetzt erst erreicht sie der Knall und schaltet ihr Hörvermögen sofort aus. Die Männer werden förmlich von den Pferden gefegt und finden sich auf dem Boden wieder. Dann kommt der Geröllregen und erschlägt Mensch und Tier. Alles fällt durcheinander. Pferde wiehern und versuchen aufzustehen und werden wieder von den Felsen erschlagen. Wer aufstehen und flüchten kann, rennt den Weg zurück. In diesem Moment kommen die Konföderierten um die Ecke. Kating liegt am Boden und sieht sie um die Ecke reiten, aber es sind nicht nur Soldaten auch Cherokee-Indianer reiten mit Ihnen. Darauf hatten die Soldaten gewartet, schießt es ihm noch durch den Kopf. Dann reißt der Film vor seinen Augen.

Lieutenant Hopkins liegt am Boden. Seine Augen sind offen. Alles läuft vor seinen Augen ab, aber er ist nicht in der Lage einen Gedanken zu fassen. Wie es in seinem Kopf aufschlug hat er nicht bewusst mitbekommen. Er liegt und schaut, keine Reaktion kommt aus seinem Körper und er schaut nur. Keine Gedanken, nichts. Auch als man ihm die Waffen entreißt, rührt er sich nicht, er schaut und nichts bewegt sich in seinem Geist.

Die Konföderierten und die Indianer schießen alles nieder bis sich nichts mehr rührt. Auch die Tiere sind erschlagen und liegen auf dem Boden. Die Esel sind auf ihre Ladung gefallen und bedecken sie mit ihrem Körper. Überall stecken die Pfeile. Man wollte keine Gefangenen machen. Die Waffen werden von den Indianern eingesammelt. Alles andere überlässt man den Geiern.

Kating hört sich reden, aber ihm wird nicht richtig bewusst was er redet und mit wem. Er versinkt wieder und wieder. Immer wieder kommt er etwas hoch hört sich jammern, aber begreift nicht was ist. Irgendwann hört er sich wieder jammern, langsam kommt sein Verständnis wieder und er versteht was er sagt. Er will Wasser. Jemand fasst ihn an. Er versucht die Augen zu öffnen. Er merkt, dass er getragen wird und dann bekommt er etwas Wasser zu trinken. Das hat ihn sehr angestrengt und er versinkt wieder in der Dunkelheit.

Als er das nächste Mal aus der Ohnmacht erwacht ist es um ihn dunkel. Er will sich bewegen, aber der Schmerz ist übermächtig, trotzdem ist ihm bewusst, dass er verbunden wurde und auf einem Lager liegt. Wieder murmelt er: „Wasser!"

Jemand hält ihm Wasser an den Mund und er trinkt. Wieder fragt er: „Wo bin ich?"

Jemand flüstert ihm ins Ohr: „Sie sind außer Gefahr."

Kating schweigt. Er versucht über das Gehörte nachzudenken. Aber darüber schläft er ein.

Als Menschen kommen sieht es Hopkins. Immer noch sieht er nur, aber in ihm regt sich nichts. Ein Schwarzer tritt auf ihn zu und untersucht ihn.

„Dieser Mann ist kaum verletzt. Er hat nur eine Platzwunde am Kopf. Hallo hören sie mich?"

Der Mann schüttelt ihn sanft.

„Hallo können sie mich hören? Sie müssen mich hören können. Was ist mit ihnen los Lieutenant?"

Hopkins Verstand beginnt wieder zu arbeiten. Die Gedanken kommen wieder in seinen Kopf.

„Ja, ich kann sie hören, danke. Wer sind sie?"

„Stehen sie auf, sie können uns helfen. Wir müssen hier weg. Wir sind schwarze Sklaven, die geflüchtet sind. Wir haben uns hier oben in den Bergen versteckt. Die Bluthunde kommen nicht zu unseren Höhlen hoch. Sie spüren uns zwar auf und bellen nach oben, aber die Hundeführer sind entweder zu faul oder zu dumm um zu begreifen was die Hunde wollen. Kommen sie, wir müssen hier weg."

„Moment, ich muss eben nach den Leuten sehen, vielleicht leben noch welche."

„Also gut beeilen sie sich!"

Hopkins läuft nach hinten, wo er Kating vermutet, tatsächlich findet er ihn auch. Das Gesicht von Kating ist aufgerissen. Er hat *einen Schnitt zwischen Unterlippe und Kinn. Dann entdeckt er den Einschuss im Oberarm. Hopkins fühlt den Puls.*

„Der Mann lebt noch, wir nehmen ihn mit."

„Nun gut, wir haben noch zwei gefunden, die noch überlebt haben, bis jetzt. Nehmen wir ihn auch noch mit. Da sind die Maultiere, legen sie ihn auf eines. Wir müssen weg, bevor jemand zurückkommt. Es wird sich rumsprechen, wenn sie die Spuren gelesen haben."

„Gut, gehen wir. Aber ich glaube kaum, dass noch Leute zurückkommen, hier in diese Einöde. Es ist doch schon alles geplündert worden."

Hopkins legt Kating auf einen Esel und folgt den Schwarzen. Es sind sechs Mann, sehr kräftig wirkende Männer. Einer scheint ein Riese zu sein. Sie ziehen die Esel hinter sich her. Hopkins achtet darauf, dass Kating nicht vom Esel rutscht. Er kann sich deshalb die anderen beiden Soldaten noch nicht ansehen, um zu erkennen wer sie sind. Jetzt erst bemerkt er, dass seine Haare kleben. Das Blut ist ihm über den Kopf in den Nacken gelaufen. Das Blut ist schon geronnen und im Haar und im Nacken verkrustet. Darum kann er sich später kümmern. Er muss sich auf das Laufen konzentrieren, der Luftdruck der Sprengung scheint ihm irgendwie getroffen zu haben oder es ist ihm etwas gegen die Brust geschleudert worden. Er hat etwas Atemnot, aber es wird ständig besser. Dafür kommt jetzt Schwindel auf, er hält sich am Esel fest. Jetzt nicht aufgeben. Sie laufen um eine Ecke und gehen dann eine Schräge Schotterhalde hoch. Immer wieder rutscht sein Fuß weg, weil der Schotter unter ihm wegrollt. Aber letztlich ist er oben. Seine Beine knicken weg und er sitzt neben dem Esel.

„Lassen sie sich Zeit, es ist nur der Schock. Legen sie sich einen Moment lang hin. Das wird ihnen helfen. Hier sind wir sicherer als unten."

Hopkins legt sich auf den Rücken, sofort wird der Schwindel besser.

„Danke, es hilft."

Der Riese kommt auf ihn zu und kniet sich nieder. Dann spricht er ihn an: „Ich werde sie gleich auf den Rücken nehmen. Sie müssen sich gut festhalten. Ich werde mit ihnen den Berg raufklettern. Da oben in der Höhle sind wir sicher."

„Nehmen sie erst den Kameraden hier auf dem Esel. Er ist wichtiger. Kann man ihn auf den Rücken binden?"

„Ja, natürlich kann ich ihn auf den Rücken binden. Dann sehen sie mir zu. Dann wissen sie gleich wo es hin geht."

Der Riese steht wieder auf und seine Mitflüchtlinge binden Kating auf seinen Rücken. Der große Mann fragt noch einmal nach, aber die Ladung auf seinem Rücken ist fest.

Nun beginnt er den Aufstieg. Er ist schnell und kennt genau den Weg. Der Mann ist wie eine Bergziege. Hopkins ist fasziniert. Diesem Mann kann man vertrauen. Der weiß genau was er tut.

Kating sieht sich um. Die Höhle ist groß und auf der Höhe des Berges hat er eine so große Höhle nicht erwartet. Ein Schwarzer tritt auf ihn zu und stellt sich vor: „Ich bin Abraham Moses. Die Leute haben mir die Führung der Gruppe anvertraut. Wir werden Sie verbinden und verbergen, bis Sie wieder gesund sind und weiter können."

„Warum haben Sie uns geholfen? Sie bringen sich doch auch in Gefahr."

„Wir haben ihre Uniformen gesehen und ihr Präsident Lincoln hat versprochen allen Sklaven die Freiheit zu geben. Wir helfen ihnen, weil Sie uns helfen wollen. Wenn Sie verlieren, verlieren wir auch. Deshalb!"

„Jedenfalls danke, Sie haben alle gut verbunden, entschuldigen Sie die Neugier, aber woher haben Sie alle diese Mittel?"

„Natürlich können Sie fragen. Die Mittel stehlen wir. Wir sind inzwischen richtig gut darin. Wir alle kommen aus verschiedenen riesigen Plantagen und da gibt es immer etwas zu holen, zumal wir wissen wo wir suchen müssen."

Abraham Moses lächelt: „Machen Sie sich keine Gedanken. Wir sind hier sicher und wir sind in der Lage Ihnen zu helfen. Jetzt lassen sie unsere Frauen Ihnen helfen, auch ihre Wunde muss gewaschen und verbunden werden. Ruhen Sie sich aus. Im Moment gibt es nichts für Sie zu tun." Er nickt beruhigend und legt seine Hand auf die Schulter von Lieutenant Hopkins. Dann steht er auf und geht weiter. Zwei Frauen kommen und versorgen den Leutnant.

„Wie sieht es mit den anderen Männern aus, können Sie mir etwas darüber sagen?"

„Sie können sich gleich selber davon überzeugen, aber lassen Sie uns erst unsere Arbeit tun, Sir."

„Bitte lassen Sie den Sir weg, wir sind hier wohl alle in der gleichen Lage und damit gleich."

„Wollen Sie das wirklich, Sir? Ich meine, wollen Sie das wirklich?"

„Ja, natürlich. Wenn der Krieg vorbei ist, dann werden Sie niemanden mehr mit Sir anreden müssen."

Hopkins lächelt:„Gewöhnen Sie sich schon einmal daran. Ich heiße übrigens Nathan!" Die beiden Frauen sehen sich erstaunt an.

„Wenn Sie es sagen! Äh, Nathan!"

Dann fangen die beiden Frauen an zu kichern und behandeln den Kopf von Hopkins noch sanfter.

Nach der Behandlung seiner Wunde steht er auf und geht zu Kating. Er sieht ihn sich genau an. Die Schussverletzung am Oberarm ist perfekt verbunden.

Eine der Frauen tritt zu ihm.

„Die Kugel haben wir herausgeholt. Wir haben die Wunde versorgt, sie blutete lange, es wird keine Entzündung geben. Die Wunde am Kinn ist nicht so schlimm. Wir haben sie genäht. Es betrifft zum Glück nicht den Mundbereich, sonst wäre es sehr *schwer geworden den Mann zu ernähren. Er schläft jetzt und wir hoffen, er hat nicht zu viel Blut verloren. Morgen wissen wir mehr. Legen Sie sich auch hin, Sie haben eine Gehirnerschütterung, damit ist nicht zu spaßen."*

Hopkins nickt, wobei er sein Gesicht durch die Schmerzen verzieht, geht aber weiter zu den beiden anderen Soldaten. Es ist Private John John.

"Wir wissen nicht ob wir ihn durchbekommen. Zuerst sah es gar nicht so schlecht aus, aber als wir ihm die Hose auszogen, sahen wir das sein Bein total zertrümmert war, als wäre ein Fels darauf gefallen. Er muss sehr viel Blut verloren haben. Wir können jetzt nicht amputieren. Er muss erst wieder etwas Kräfte sammeln. Schlechte Chancen."

Hopkins geht weiter zum vierten Mann es ist Sergeant Harry Carey.

"Dieser Mann sah auch nicht so schlecht aus, er hat aber mehrere Rippen gebrochen und wir befürchten, dass sich eine Rippe mit dem Bruch nach innen gedrückt hat. Wir müssen abwarten. Morgen wissen wir mehr. Sie sollten sich jetzt hinlegen. Nathan!"

"Waren wir nun sechs Wochen bei Ihnen? Waren es sechs Wochen? Ich habe ein kleines Defizit", Kating lächelt und spricht weiter: „Ich weiß genau am 2. April 1865 wurden wir überfallen, welches Datum haben wir heute?"

"Es ist der siebzehnte Mai, heute. Und der Krieg ist noch nicht vorbei. Wenn sie uns morgen verlassen wollen mit ihrem Kameraden, dann müssen sie sich vorsehen, Sie sind immer noch in Feindesland."

Der Anführer der Flüchtlinge sagt es sehr ernst.

"Jedenfalls danken wir dir Abraham Moses. Auch wenn wir nur noch zwei sind. Wir werden immer in eurer Schuld bleiben."

Kating sieht ihn voll an.

Abraham Moses schaut zurück und grinst:

„Ich habe noch etwas mitgehen lassen, sie raten nicht was es ist."

„Mach es nicht so spannend. Zeig schon her Abraham!"

Abraham Moses grinst weiter und zieht drei dicke Zigarren aus seiner Jacke.

„Sie wollten einfach mit und wir werden jetzt wie die Indianer eine Freundschaftszigarre rauchen, wo ist dein Lieutenant?"

„Nathan, kommst du mal?"

Kating winkt seinem Lieutenant. Nathan kommt zu den beiden und guckt Kating fragend an.

„Unser Abraham hat uns ein Abschiedsgeschenk mitgebracht. Komm, setzt dich. Was hattest du doch gesagt, was machen wir jetzt?"

Abraham grinst immer noch: „Wir werden jetzt eine Freundschaftszigarre wie die Indianer rauchen."

„Aber rauchen die nicht eine Friedenspfeife?"

„Komm setz dich, du nimmst das wieder zu genau. Ich als dein Captain befehle dir: Hinsetzen und Freundschaftzigarre rauchen. Basta!"

Alle drei beginnen zu lachen und Abraham verteilt die Zigarren. Alle drei zünden sie sich an und nehmen einen tiefen Zug. Genüsslich pusten sie den Qualm wieder aus dem Mund.

„Ich kann euch sogar sagen wo die Zigarren herkommen. Da der Captain mir das Lesen beigebracht hat, konnte ich lesen, dass sie aus Virginia kommen. Gut nicht?"

Abraham guckt die beiden Beifall heischend an. Beide klopfen ihm auf die Schulter: „Prima, Abraham. Du bist der Größte!"

„Das war doch nur der Anfang! Wenn ihr morgen loswollt, wollt ihr doch nicht zu Fuß gehen! Da ihr Soldaten seid, habe ich zwei Soldatenpferde gestohlen. Aber lasst euch nicht damit erwischen."

Jetzt sind die beiden doch sprachlos. Sie reißen ihren Mund auf und Nathan verschluckt sich am Rauch seiner Zigarre. Alle lachen und die Tränen laufen ihm über das Gesicht während er nicht weiß wie er husten und lachen soll zur gleichen Zeit.

Am 18. Mai waren sie von Abraham Moses aufgebrochen und wie zu erwarten hatte Abraham sehr gute Pferde gestohlen. Als sie endlich nach vielen Irrwegen am 25. Juni 1865 im Norden eintrafen und sich bei der Kommandantur meldeten, erfuhren sie als einige der ersten, dass der Krieg vorbei war und das sich Brigadegeneral der Konföderierten Stand Watie, ein Cherokee-Indianer sich am 23. Juni 1865 ergeben musste und damit der Krieg entschieden war.

Kating und Hopkins wurden aus der Armee entlassen, da sie sich nur für den Krieg gemeldet hatten. Sie erhielten ihren Sold und ritten wieder zurück nach Texas um zu erfahren wie es den Schwarzen erging, die ihnen geholfen hatten.

Überall wo sie hinkamen, herrschte die Armut und Plantagen sind verlassen. Herrenhäuser zerstört oder zerfallen. Keiner hat Geld, denn das Südstaatengeld ist jetzt nur noch Altpapier. Die beiden merken, dass ihre Dollars so viel wert sind wie das zehnfache im Norden und so kommen sie unbehelligt wieder zurück in die Geröllberge. Aber die Höhlen sind verlassen und eine Ortschaft ist nicht in der Nähe, in der sie nach ihren schwarzen Lebensrettern hätten suchen können.

Beide übernachten in den ihnen so bekannten Höhlen und wollen am nächsten Morgen wieder weiter reiten.

„Sag mal, wollen wir uns den Ort des Geschehens noch einmal ansehen Nathan. Ich will wissen wo der Canyon hingeht in dem wir überfallen wurden. Ich will wissen ob der Trapper Archie Stout uns hintergangen hat, oder nicht."

„Okay Moses, lass uns nachsehen, ich hatte schon die gleiche Idee. Wenn es eine Sackgasse ist, hat er uns beschissen. Ist es ein offener Canyon hat man ihn erwischt oder er konnte nicht mehr zurück. Gut lass und nachsehen!"

Sie reiten also in den Canyon ein und wieder steht der Angriff vor ihren Augen.

„Das dort muss der Berg sein, der gesprengt wurde um uns aufzuhalten. Kein Wunder, damals war die Südstaatenarmee schon ziemlich verzweifelt. So ein Aufwand für uns dreißig Leute."

„Ja und hier liegen die Gerippe von unseren Eseln. Sieh mal, das da muss das Tier gewesen sein, das unsere Sonderladung transportierte. Ich erkenne es am Zaumzeug. Es war das einzige, das schon ziemlich alt war und es war keine Zeit mehr um es zu wechseln."

Beide reiten näher an das Skelett heran.

„Sehe ich richtig oder täusche ich mich…"

Kating springt aus dem Sattel. Er räumt das Skelett zur Seite und dort liegt halb überwuchert durch einen Hexenstrauch, der nicht weg konnte, da er sich im Gerippe verfangen hatte, eine halbvermoderte Kiste.

„Das muss <u>sie</u> sein!"

Auch Nathan ist jetzt aus dem Sattel gestiegen und hebt die Kiste mit an. Mit den Gewehrkolben schlagen sie die beiden Schlösser ab. Dann greift Kating zu und hebt den Deckel.

„Junge, das hätte ich nicht gedacht. Sie haben alles mitgenommen, nur das nicht. Wahrscheinlich hatten sie keine Zeit oder Lust den Esel von den beiden Kisten zu ziehen und haben es einfach liegen lassen. Weißt du was, wir sind jetzt reich. Ist dir das klar?"

„Fakt ist, das nicht nach dem Gold gesucht wurde und es nicht vermisst wird. Es ist in den Kriegsgeschehen der letzten Kriegswochen einfach untergegangen. Ich stimme dir zu. Es gehört uns! Es ist wahrlich ein gerechter Ausgleich für diesen Wahnsinn *von Krieg. Wir nehmen jeder ein Viertel des Goldes mit uns in den Satteltaschen, den Rest verstauen wir in den Höhlen und holen ihn später."*

„Aber wir sind noch aus einem anderen Grund hier, ich will wissen was mit dem Canyon ist. Ich will es jetzt wissen!"

Kating packt ein Viertel der kleinen Goldbarren in seine Satteltasche und wartet dann auf Nathan. Dieser packt auch ein und klappt den Deckel wieder zu.

„Lass uns reiten, wir werden es jetzt erfahren!

Nach zwei Meilen erreichen sie das Ende des Canyons. Er ist nach Norden offen.

„Also hat er uns nicht hintergangen. Damit ist das ein für allemal geklärt!"

Katings Gedanken sind immer noch in der Vergangenheit.

Wir schmolzen Teile der Barren und gaben uns als Goldsucher aus. Dann tauschten wir einen kleinen Teil des Goldes in US Dollar um, die damals einen riesen Wert hatten, denn in Texas hatte kaum jemand Geld der Nordstaaten und nur dieses war Zahlungsmittel. Das Südstaatengeld war nichts mehr wert. Nathan Hopkins machte eine Bank auf. Er deklarierte das restliche Gold nach und nach als Altgold, das von altem gesammeltem und aufgekauftem Schmuck stammte und wieder eingeschmolzen, und von Fremdmetallen geläutert worden war. Wir blieben dann in Wellington am Salt-Fork-Red-River in Texas. Wellington liegt zwischen Amarillo im Nordwesten und Wichita Falls im Südosten. Hügeliges Weideland mit kleinen Wäldchen. Es sind etwa siebeneinhalb Meilen bis zum Fluss. Am Flussufer ist ein Holzlager für die kleinen Schiffe auf dem Fluss und auch ein Warenumschlagslager. Zwischen Wellington und dem Fluss liegt die Salt Fork Ranch im Schatten einer kleinen Anhöhe, die mit Wald bewachsen ist. Das Brandzeichen der Ranch ist ein großes SF mit einer waagerechten Welle durch die Buchstaben.

So wurde unsere Bank eine gut situierte Bank in Wellington. Auf diese Weise halfen wir als Bank den ansässigen Ranchern und Farmern mit Krediten, bis sie diese vor etwa fünf Jahren wieder an unsere Bank zurückzahlen konnten. In Wellington Texas waren wir von da an sehr gut angesehene Leute. Ich hielt mich zurück, trat immer in den Hintergrund und überließ Nathan die geschäftlichen Besprechungen, da er sprachlich gewandter war und nahm dann den Posten des Sheriffs an, nachdem ich alleine einen Banküberfall vereitelte, weil ich gerade in der Bank war. Die Leute vertrauten mir und von da an war ich der gewählte Sheriff. Nun, wenn ich den Posten als Sheriff an Ben abgeben würde, dann würde ich kein armer Mann sein. Ich würde in Frieden meinen Ruhestand genießen können. Aber soweit war es ja noch nicht.

Der Sheriff kommt aus seinen Gedanken hoch und sieht auf Nathan. Dieser schaut ihn fragend an.

„Ach so, ja. Du willst wissen was passierte". Nathan sieht ihn mit forschenden, intelligenten Augen an: „Ja, ich bin nun doch sehr gespannt".

Nun erzählt der Sheriff mit kurzen Worten was passiert war und gibt das Wort weiter an Ben. Auch dieser fügt seinen kurzen Bericht an, wobei es ihm wieder etwas peinlich ist von der etwas rauen Bestrafung der Kate Jenkings zu erzählen, die er übers Knie gelegt hatte, denn zu dem Zeitpunkt wusste er ja noch nicht wer sie war.

„Gut", knüpft Natan an die Erzählung an: „Wenn sie die Tochter von Jacob Jenkings ist, dann wird sie auf jeden Fall zu mir kommen, denn sie ist ja die Erbin. Sie wird sich irgendwie ausweisen müssen, denn Jakob Jenkings war nicht unvermögend, sonst hätte er seine Tochter wohl nicht auf die Schule nach Santa Fee schicken können, nachdem seine Frau gestorben war. Er hat, einen Moment, ich werde gleich mal nachfragen. Bitte entschuldigt mich einen Moment. Bedient euch ruhig, am Whiskey oder den Zigarren. Bis gleich."

Damit steht er auf und geht durch die Tür. Kurze Zeit später öffnete sich diese wieder und Natan kommt herein. Er setzte sich und greift sein Glas, nimmt einen Schluck und erläutert: „Ihr werdet es nicht glauben, aber er hat einhundertsiebentausend Dollar bei uns auf der Bank. Damit hätte auch er eine Bank aufmachen können. Ein reichliches Vermögen für die Tochter Kate. Ich werde versuchen sie ein wenig mit Ben zu versöhnen".

Er lacht: „Wenn es sich machen lässt, versprechen kann ich nichts, nachdem was ihr mir erzählt habt". Er macht eine fast entschuldigende Geste.

Nun ergreift der Sheriff das Wort: „Unser Problem, also Bens und meins ist ...", und damit wickelte er den Kerzenständer aus einem Tuch: „Dieser Kerzenständer. Sieh ihn dir an, was würdest du denken wie ist er so verbogen worden und warum sollte er verschwinden? Ich hätte ihn eventuell gar nicht beachtet, wenn dieser Mann ihn nicht bei sich gehabt hätte und versuchte uns zu töten."

Natan nimmt ihm den Kerzenständer aus der Hand und sieht ihn sich genau an, dann riecht er daran.

„Erinnerst Du dich noch an Nathan Bedfort? Meinen Namensvetter? Er war in unserer Einheit der Spezialist für kleine Sprengungen. Stell dir vor du willst das Haus in die Luft sprengen, oder wenigstens willst du den Waffenschmied unauffällig aus dem Weg räumen, was würdest du tun. Was wäre weniger verdächtig als wenn sich ein alter Mann, der unvorsichtig wird, sich selber in die Luft sprengt? Dieser Kerzenständer erinnert mich an Nathan Bedfort. So sähe der Ständer nämlich aus, wenn man eine Presspulverstange statt einer Kerze hineintut und es in die Luft sprengt. Nathan hat mir etwas Ähnliches damals gezeigt im Krieg, wo die größten Gemeinheiten noch zu Auszeichnungen führten. Wie würde ich es machen?"

Er nimmt einen Zug aus der Zigarre und pustet es vor sich in die Luft.

„Du solltest feststellen ob die Kerzen die du unten im Keller gefunden hast, die gleiche Dicke hat wie eine Presspulverstange. Ja, das solltest du tun. Wenn es tatsächlich so ist, dann kann ich mir vorstellen, dass man ein Stück Kerze auf die Presspulverstange klebte, wenn sie ähnlich aussehen, das gleiche Format hat, das gleiche Wachs für das Einwachsen der Presspulverstangen genommen hat, um sie vor Feuchtigkeit zu schützen, dann, ja dann..." Er nimmt einen weiteren Zug aus der Zigarre, „könnte es so gewesen sein: Jacob zündet die Kerze an und nach kurzer Zeit fing dann die Presspulverstange Feuer und flog in die Luft. Entzündet das Fass mit dem Pulver. Warte mal vielleicht ist das mit dem Fass gar nicht geplant gewesen, das war dann wohl Zufall, ein böser Zufall. Dieser Knall hat durch den Luftdruck alles Feuer wieder ausgeblasen".

Er lächelt: „Hast du, habt ihr eigentlich schon was gegessen? Ich lasse was aus dem Hotel holen!"

Sheriff Kating sieht ihn mit offenem Mund an: „So könnte es gewesen sein, du bist ja noch gefährlicher als ich dachte. Bei allen guten Geistern. Ja wirklich, so könnte es gewesen sein".

Der Sheriff kratzt sich am Kopf: „Wer hat den größten Nutzen vom Tod des alten Jenkings, doch nur die Tochter und dieser Gedanke gefällt mir gar nicht, überhaupt nicht, Teufel auch. Ich kann eine Frau nicht dingfest machen, auch wenn ich Beweise gegen sie hätte, das gibt es einfach nicht. Wir haben noch nie eine Frau verhaftet, geschweige denn verurteilt und außerdem, wo kommt sie jetzt so plötzlich her?"

Er zieht an seiner Zigarre, doch die ist ihm ausgegangen. Er greift in seine Westentasche nach einem Zündholz und reibt es nach seiner Manier an seinem Stiefel an. Kating ist so in Gedanken, dass er das Feuerzeug auf dem Tisch übersieht. Aber er behält das Streichholz in seiner Hand und legt es dann bedächtig in den Aschenbecher, während er an der Zigarre pafft. Ben denkt bei sich: Jetzt hat der alte Falke Blut geleckt, mal sehen wie er sich aus dieser Klemme befreit. Jetzt beginnt er die Jagd.

Plötzlich steht der Sheriff auf: „Nathan ich danke dir, du hast mir die Augen geöffnet. Ben du kannst essen gehen, grüße Carol Winter von mir, lass dir nicht wieder neue Hemden verkaufen. Außerdem", er hebt die Augenbrauen und schaut seinen Deputy ernst an: „das, was wir vermuten wird diesen Raum nicht verlassen. Aber wir drei werden jetzt die Augen offen halten. Ich muss nun zum Bürgermeister, Bericht erstatten. Ich werde nur die Fakten nennen, sonst nichts. Danach werde ich im Saloon essen, ich hoffe, sie haben ihn soweit wieder aufgeräumt." Er wendet sich ab, doch dann ist ihm noch etwas eingefallen und er dreht sich noch einmal um: „Ben wir treffen uns im Sheriffbüro zur Abendrunde!"

Er klemmt die Zigarre zwischen die Zähne, nimmt seinen Hut vom Sessel, setzt ihn auf und geht. Leise schließt er die Tür hinter sich.

Ben ist in seinen Gedanken versunken, unbewusst schlägt er die Richtung zum Unglücksort ein, aber daneben wohnt Carol Winter, sein Bratkartoffelverhältnis, wie es Moses mal genannt hat. Erst jetzt wird ihm bewusst, dass sie ja neben dem Waffenschmied ihr Haus mit ihrer Schneiderei hat. Er beschleunigt seinen Schritt, dass er daran nicht gedacht hat, bei ihr nachzusehen, er schüttelt den Kopf und denkt: So vergesslich kann man doch gar nicht sein. Aber die Ereignisse haben sich so überschlagen, er hatte auch gar keine Zeit. Gut, ich werde ja jetzt nachsehen!

Es dämmert schon ein wenig und als er bei ihr anlangt, sieht er Bewegung hinter dem Fenster. Das beruhigt ihn ein wenig.

Er steht vor der Tür und klopft. Einen Moment später geht die Tür auf und Carol steht in der Tür, sie zieht ihn ins Haus und lässt die Tür hinter sich zufallen, dann fällt sie ihm um den Hals und küsst ihn. Dabei muss sie sich auf die Fußspitzen stellen. Dann guckt sie ihn an und sagt mit süßsaurer Miene: „Ich habe dich heute vermisst. Wolltest du denn gar nichts essen? Aber du hast wahrscheinlich keine Zeit gehabt wegen der Sache nebenan, naja jetzt bist du ja da."

Wieder küsst sie ihn kurz auf den Mund.

„Na, los, sag schon was!"

Er hat sie ein wenig angehoben und entgegnet lachend: „Du lässt mich ja nicht zu Worte kommen. Natürlich habe ich Hunger im Bauch und auch auf Dich. Ich musste dich jetzt unbedingt sehen".

„Okay"; sagt sie, „komm, ich mache dir erst einmal das Essen warm."

Sie zieht ihn hinter sich her in die Küche.

„Los, setzt dich hin, erzähl mir was passiert ist, ich kümmere mich um dein Essen!"

Sie schiebt ihn auf einen Stuhl: „Na los, erzähl schon."

„Carol, Darling, ich weiß nur was du auch weißt, nebenan ist in der Werkstatt vom alten Jakob Jenkings etwas explodiert. Was soll ich dir denn erzählen"?

„Ist es wahr, dass seine Tochter wieder in der Stadt ist? Maria war bei mir und hat mir Gardinen zum Nähen gebracht. Stimmt es was sie sagt? Sie hat es von der Bürgermeistersfrau. Die hat es im Krämerladen erzählt. Zwar ganz leise aber Maria hat es trotzdem gehört. Ich kannte sie, wir sind zusammen in die Schule gegangen, aber sie konnte mich damals nicht leiden und hat mir immer die Freundinnen vergrault. Immer erzählte sie irgendeine Lügengeschichte über mich und meine Freundinnen sind dann nicht mehr gekommen".

Ben kratzt sich am Kopf und zieht sie zu sich auf den Schoß: „Ja, ich glaube, das ist sie. So wie du sie mir beschreibst, könnte sie es wirklich sein. Aber wenn du sie kennst, sag mir mal wie alt sie ist und wann sie Geburtstag hat. Weißt du das noch"?

Sie zieht einen Schmollmund: „Interessierst du dich für sie?"

„Carol, wenn wir wissen wollen ob sie es wirklich ist, müssen wir ein paar Daten von ihr wissen um feststellen zu können, ob ihre Identität stimmt, denn das Stadtarchiv wurde im Krieg beschädigt und es ist noch unklar ob wir von ihr Unterlagen finden werden. Sie war zu lange weg. Sie wird auch das Erbe von ihrem Vater einfordern und es wäre gut, wenn wir verlässliche Daten hätten, weißt du es?"

„Gut", schmollt sie ein wenig, doch dann lacht sie und drückt ihm ihren Finger auf die Brust: „Du kannst mir die Informationen abkaufen, für jede Information einen Kuss! Na los, frag schon, aber erst muss ich das Essen aufsetzen"!

„Kennst du ihr Geburtsdatum"?

„Ja, sie ist drei Jahre älter als ich, sie ist 1849 geboren, das heißt sie müsste jetzt, wenn ich richtig rechne - ja, 28 Jahre sein."

„Weißt Du ihr Geburtsdatum genau"?

„Erst einen Kuss, los, erst bezahlen"!

Sie setzt sich auf seinen Schoß und Ben gibt ihr einen Kuss.

„Gut, das genaue Datum ist auch drei Monate vor meinem. Ich habe, wie du weißt, am 19. April Geburtstag, sie hat am 19. Januar Geburtstag. Ich glaube, sie ist mit 15 Jahren nach Santa Fee geschickt worden. Mein Gott, sie war 13 Jahre weg. Das hätte Ich nicht ausgehalten!"

Wieder muss Ben bezahlen. Dann murmelt er: „19. Januar 1849, das muss ich mir merken!" Sie steht auf und stellt ihm das Essen hin. Ben isst langsam und schweigend. Er steht auf: „Hast du am Haus überhaupt keinen Schaden durch die Explosion gehabt"?

„Nö, in der Schneiderei ist alles flexibel", lacht sie.

Auch Ben lacht: „Na, dann ist ja alles gut". Plötzlich ist er wieder ernst: „Du musst mir einen großen Gefallen tun! Cherokeehäuptling White Bear, war doch der beste Freund von deinem Vater und du hast doch noch immer Kontakt zu ihm? Lässt er immer noch von dir Sachen nähen, ohne dass jemand es wissen darf?"

Sie nickt.

„Also hör mir jetzt genau zu."

Der Sheriff liegt auf seiner Pritsche im Büro, als Ben eintritt.

„Okay, gut dass du da bist, es ist gleich 24Uhr, dann können wir unseren Rundgang machen", empfängt ihn Kating und geht zum Gewehrregal, schließt die Kette auf die durch die Repetierhebel gezogen wurde und nimmt eine Winchester heraus, er wirft sie Ben zu. Der fängt sie geschickt auf. Er greift sich selber ein Gewehr, verschließt wieder die Kette und prüft die Waffe.

„Hör mir gut zu, Ben, kontrolliere das Gewehr gut, ich habe es im Gefühl, mein Instinkt sagt mir heute Nacht bekommen wir Ärger. Ich weiß nur noch nicht welchen. Deine spezielle Dame hat sich beim Bürgermeister beschwert über dich. Da er von mir noch keine Informationen hatte, hat er sie auf morgen vertröstet. Ich habe ihm die Situation erklärt, und ihn überzeugt. Er war aber nicht davon begeistert, dass du sie übers Knie gelegt hast."

Ben bekommt erneut einen roten Kopf: „Was soll man denn tun bei solch einem wildgewordenen Handfeger?"

„Ben, hör auf an sie zu denken, konzentrier dich nur auf unseren Rundgang! Hör auf mich, irgendetwas ist in der Luft, ich rieche es förmlich, jemand denkt an uns und nicht wirklich freundlich"!

Sie löschen das Licht und treten hinaus. Einer geht sofort links von der Tür weg, der andere nach rechts. Hier stehen sie einen Moment, bis sich ihre Augen an die Dunkelheit gewöhnt haben. Dann marschieren sie wie immer jeder auf einer Straßenseite. Der Sheriff auf den Planken der Gehsteige. Seine Schritte sind deutlich zu hören. Auf Bens Seite sind keine Planken, er geht leiser. Sie bewegen sich auf den Saloon zu. Auf einer Bank am Haus liegt ein Mexikaner und schläft, den Hut im Gesicht. Kating hebt den Hut an, und lässt ihn wieder auf das Gesicht gleiten. Der ist betrunken. Er stellt fest, dieser Mann schläft fest und er geht weiter.

An der Überdachung des Saloons steht ein junger Mann, mit tiefsitzendem Holster. Kating stellt sich schräg hinter ihn und lässt seinen Willen gegen ihn strömen. Er merkt wie der Mann nervös wird. Nach einem Moment grüßt Kating laut: „Gute Nacht."

Der Mann wirft seine Zigarette weg und sagt auch: „Gute Nacht, Sheriff", und geht davon, setzt sich auf sein Pferd und trottet aus der Stadt. Kating sieht ihm nach. Ein Fremder, den hat er hier noch nicht gesehen. Er geht weiter. Ben ist sein Schatten auf der anderen Straßenseite. Er hört an der nächsten Straßenecke ein schabendes Geräusch. Sofort presst er sich an die Hausecke und sieht vorsichtig herum, da erscheint ein Kopf und ein Esel schreit ihm direkt ins Gesicht.

Instinktiv zieht er seinen Kopf zurück. „Teufel, ein Esel erschreckt den andern! Wer hat das Vieh hier vergessen?"

Nun ist er richtig wach, und er grinst. Wahrscheinlich gehört der Esel zum Mexikaner.

Kating geht über die Straße und will zu Ben, um mit ihm in den nächsten Weg einzubiegen. Ben ist ca. 50 Yards hinter ihm. Plötzlich kommt ein Reiter um die Ecke, er rammt beinahe den Sheriff, dieser springt gedankenschnell zur Seite, rollt sich über Arm und den Rücken ab, kommt hoch und rennt in den Schatten zur Straßenseite. Im nächsten Augenblick kommen zwei weitere Reiter in vollem Galopp um die Ecke geritten.

Ben ist noch bei der Unglückstelle gegenüber des Saloons, indem noch Licht brennt und er hört auch noch den Klavierspieler und das Geräusch vieler Stimmen.

Der erste Reiter kommt auf ihn zu, Ben nimmt blitzartig ein Brett das noch am Unglückshaus liegt. Als der Reiter an ihm vorbei will, schlägt er zu und der Reiter fliegt aus dem Sattel. Die beiden Reiter die hinterher kommen, ziehen ihre Colts. Kating sieht es und schießt in die Luft. Die Reiter zügeln ihre Pferde, einer zieht sein Pferd herum und sieht den Sheriff der mit dem Gewehr in der Hand auf ihn zielt. Beide Reiter stecken ihre Revolver wieder in die Holster. Der Reiter, der vom Pferd gefallen ist, steht wieder auf den Füßen, aber noch wackelig, Ben ist bei ihm und zieht im den Colt aus dem Holster, der war nicht mal mit der Schlaufe gesichert. Die beiden Reiter auf den Pferden heben die Hände. Kating geht langsam auf sie zu, das Gewehr weiter auf sie gerichtet. Ben kommt ihm entgegen, den Mann vor sich. In der rechten Hand hält er seinen Colt, in der linken Hand das Gewehr. Das Pferd ist ein Cowboypferd und ist stehen geblieben.

Kating sagt nur ein Wort: „Absitzen!"

„Und wenn wir nicht wollen, Sheriff? Erschießen Sie uns dann? Und wenn Sie uns nicht erschießen wollen, wie wollen Sie uns vom Pferd bekommen?"

Kating kann trotz der Dunkelheit sehen, dass der Cowboy grinst, während er sich zum Sheriff etwas herunterbeugt. Der Scheriff greift einfach zu und reißt den Mann vom Pferd.

„Einfach so", knurrt Kating und knallt dem Cowboy das Knie in den Magen. Der Mann fällt zur Seite und krümmt sich. Der erste Reiter vor Ben zuckt und will losgehen, aber Ben drückt ihm das Gewehr in den Rücken. Der dritte Mann gibt daraufhin dem Pferd die Sporen und reitet in die Nacht davon.

„Ich glaube, das reicht für einen Tag, Ben. Ab mit diesen beiden in den Knast. Unsere beiden Gefängniswachen Blood und Bones haben nun genug gefaulenzt. Ab sofort ist wieder Arbeit für sie da."

Er nimmt dem liegenden Mann den Revolver aus dem Holster und steckt ihn sich hinten in den Gürtel und zieht den Mann hoch auf die Beine.

„Vorwärts, Mann und keine Tricks und kein Gejammer. Ausweinen könnt ihr euch morgen."

Er drückt dem Mann den Gewehrlauf in den Rücken.

„Warum so rau, Sheriff, wir sind doch nur ein bisschen zu schnell geritten. Es ist Nacht und keiner auf den Straßen…"

„Vorwärts!", der Sheriff drückt mit dem Gewehrlauf nach.

Als sie am Gefängnis ankommen, ist alles dunkel.

„Ben, weck die beiden und sag Blood und Bones wir haben Gäste."

„Sheriff", fragt der eine von den Reitern: „Heißen die beiden wirklich so?"

Kating antwortet: „Sperrt eure Ohren weit auf, ich sage es euch nur einmal. Die beiden heißen Blood und Bones, weil es bei den beiden meistens nie ohne Blut und Knochenbrüche abgeht."

„Denn Blood heißt ja Blut und Bones heißt Knochen, wie ihr wisst", mischt sich Ben ein und grinst.

„Also benehmt euch vernünftig, dann seid ihr morgen wieder draußen."

Ben geht zur Tür und schlägt mit dem Gewehrkolben dagegen: „Los macht auf, wir haben Gäste."

Die Tür öffnet sich und zwei Männer treten auf die Straße. Sie sind bestimmt weit über sechs Fuß groß und sehen aus wie zwei Bären mit mächtigen Schultern und sie sind auch sonst gut mit Muskeln bepackt.

„Hier, nehmt sie bis morgen in Gewahrsam, dann lasst sie raus, ihre Pferde stehen noch am Haus des Waffenschmieds. Die Waffen können sie sich bei mir im Büro abholen, nachdem ihr sie raus gelassen habt."

Blood und Bones schleifen sie mehr, als das sie laufen können in das Gefängnis. Die Tür fällt hinter ihnen zu.

„Sie werden Morgen bei mir erscheinen, da werde ich mir die beiden vornehmen. Ich will wissen woher sie kommen und was sie hier wollen. Außerdem kommt morgen die Postkutsche und ich will wissen, was für Reisende eventuell bei uns bleiben wollen. Komm Ben, lass uns schlafen gehen!"

Kate Jenkings öffnet die Tür, betritt das Büro von Nathan Hopkins. Dieser sitzt hinter seinem Schreibtisch. Er ist wie immer vortrefflich angezogen. Seine rote Brokatweste schaut unter seiner Jacke hervor und am Halstuch blitzt ein Diamant. Sein Haar ist schwarz und sauber zurückgekämmt. Als er sie sieht, steht er auf, geht ihr entgegen und sagt mit einem Lächeln und einer leichten Verbeugung: „Mein Name ist Hopkins, ich bin der Direktor dieser Bank. Treten sie doch näher. Wenn Sie hier Platz nehmen möchten. Was kann ich für Sie tun?"

Mit dem rechten Arm weist er auf den Sessel vor seinem Schreibtisch.

„Darf ich Ihnen eine Erfrischung anbieten, vielleicht einen Saft oder doch lieber einen Sherry?"

Kate Jenkings setzt sich auf die Kante des schweren roten Ledersessels, sie sitzt kerzengerade, auf ihrem Schoß hält sie eine kleine Handtasche. Sie trägt ein schwarzes Kleid und einen schwarzen Hut mit einem schwarzen sehr dünnen Schleier. Ihre Füße stecken in leichten Damenstiefeleten die hoch geschnürt sind, so dass man nur Schuh und Kleid sieht.

Trotz des Schleiers kann man sie gut erkennen. Nun streckt sie sich noch weiter und antwortet: „Ich danke Ihnen Mr. Hopkins, dass Sie mich empfangen. Mein Name ist Kate Jenkings. Ich war gerade beim Bürgermeister und habe gehört was gestern alles passiert ist. Ich war bei ihm um von ihm Papiere zu bekommen, damit ich das Erbe meines Vaters anzutreten kann. Bürgermeister Clifton hat mich zu Morgen wieder zu sich bestellt um mir die entsprechenden Papiere auszustellen. Danach hat er mir geraten, Sie, Mr. Hopkins, aufzusuchen um Geld für eine würdige Bestattung meines Vaters von Ihnen zu erhalten. Um es ganz deutlich zu sagen, ich bin gekommen um das Geld meines Vaters, also mein Erbe zu übernehmen."

Sie unterstreicht ihre Worte mit einer Handgeste. Nach dem der Bankdirektor bemerkt hat, dass seine Kundin nicht weitersprechen will, antwortet er: „Nun, Miss Jenkins, hm hm," Hopkins zögert ein bisschen: „Um es auch ganz deutlich zu sagen", der Bankdirektor macht eine beschwichtigende Handbewegung: „Es gibt da ein paar kleine Schwierigkeiten."

Kate Jenkings will aufbegehren, aber Hopkins macht eine beschwichtigende Geste: „Lassen sie mich bitte ausreden. Wir, die Bank müssen uns ganz sicher sein, dass Sie auch Kate Jenkings sind. Aber natürlich kann ich Ihnen helfen, ich kann Ihnen einen Kurzzeitkredit überlassen, um ihren Vater zu beerdigen, bis Ihre Identität eindeutig geklärt ist. Sie sind vor 13Jahren aus Wellington gegangen, das war im Krieg. Eventuell, und das hat Ihnen bestimmt auch schon der Bürgermeister mitgeteilt, ist das Stadtarchiv während des Krieges beschädigt worden und es könnte sein, dass keine Unterlagen von Ihnen auffindbar sind. Wenn Ihre Identität eindeutig feststeht, können Sie den Kredit ja wieder zurückzahlen. Lassen Sie mich ganz offen sein und verstehen sie mich nicht falsch, aber bei dem Erbe von Ihrem Vater geht es immerhin um einhundertsiebentausend Dollar. Sollten wir, die Bank, das heißt ich, mich irren, dann könnte das unseren Ruin bedeuten."

Kate Jenkings öffnet ihre Tasche und greift hinein. Sie steht abrupt auf, ihre Handtasche fällt auf den Boden, aber sie kümmert sich nicht darum. Plötzlich sieht Nathan Hopkins in den Lauf eines Revolvers. Er sieht, dass Patronen in der Trommel sind, denn die Waffe ist unmittelbar vor seinem Gesicht. Aber der Hahn ist nicht gespannt. Er lächelt schmal und fragt: „Miss Jenkins, wie soll ich das verstehen?"

„Na los, Mr. Hopkins nehmen sie ihn, na los!" Sie hält ihn etwas tiefer, so dass der Bankdirektor ihn greifen kann. Er tut es: „Ja und nun, was soll ich damit?"

„Sehen Sie sich die Trommel an, sie ist graviert, da steht: Für meine Tochter Kate Jenkings, das sie immer beschützt sei. 19. Januar 1864. Diesen Revolver hat mir mein Vater geschenkt zu meinem 15. Geburtstag. Danach ging ich nach Santa Fee zur Schule."

Sie setzt sich wieder und hebt ihre Tasche auf, einige Sachen sind herausgefallen und sie nimmt sie vom Boden auf.

Der Bankdirektor spürt etwas am Fuß, sieht sich nun die Waffe genauer an, sie ist tatsächlich auf der Trommel graviert. Rund herum ist die Inschrift zu lesen und oben und unten davon sind Blumengirlanden, die die Schrift einrahmen.

„Das ist wirklich ein gutes Stück, Miss Jenkings, aber es ist nicht wirklich ein Beweis, Sie könnten ihn von jemandem bekommen haben! Aber ich nehme das zur Kenntnis."

Er sieht nach unten, um zu erkennen was da an seinen Fuß gestoßen ist. Er entdeckt ein Telegramm, bückt sich und während er es aufhebt liest er: Komme mit der nächsten Kutsche, Stopp R.S. Er faltet es unter dem Tisch wieder zusammen und reicht es Kate Jenkings: „Ich glaube, das gehört Ihnen. Ich denke, morgen wird der Bürgermeister mehr Informationen haben. Hoffe ich. Vielleicht versuchen Sie in der Zwischenzeit alte Freundinnen zu finden hier in Wellington, die Sie von früher kennen und die bestätigen können das Sie die Tochter vom Jakob Jenkings sind. Wo wir gerade dabei sind, noch eine Frage, Sie brauchen sie nicht zu beantworten, wenn Sie nicht wollen. Werden Sie das Haus ihres Vaters wieder Instand setzen?"

Kate Jenkings sieht ihn an. Ihr Gesicht ist starr, dann bricht es aus ihr heraus: „Habe ich Sie richtig verstanden, dass Sie mir nichts von meinem Geld geben wollen? Sie wollen meine Einhundertsiebentausend Dollar zurückhalten und mir stattdessen einen Kredit geben?"

Ihre Stimme wird schrill: „Das kann und will ich nicht glauben!" Sie stampft mit dem Fuß auf. Unbeeindruckt entgegnet er: „Das Angebot steht, Sie können es annehmen oder warten bis ihr Geld für Sie zur Verfügung steht."

Hopkins bemerkt wie sie mit sich kämpft. Nach einem Moment fängt sie sich und fragt: „Wenn ich das Haus meiner Eltern wieder instandsetzen will, was würde das mich Ihrer Meinung nach kosten?"

„Nun, ich denke, es würde ungefähr drei Monate dauern. Der Tischler nimmt Sechzig Dollar im Monat. Er würde mindestens vier Leute brauchen, die kosten ungefähr dreißig Dollar im Monat. Dann das Bauholz für vierhundert bis fünfhundert Dollar. Also ich denke mit maximal Tausend Dollar wäre das Haus renoviert."

„Aber in drei Monaten ist tiefster Winter, wie wollen die Leute da arbeiten?"

„Machen sie sich keine Sorgen, soweit ich das beurteilen kann, werden die Arbeiter zuerst die Fassade wieder in Stand setzen, und dann die Innenräume, die dann geheizt werden können."

„Gut, Mister Hopkins, Ich danke Ihnen, aber ich werde Ihr Geld nicht brauchen". Sie verzieht den Mund abfällig. Der Bankdirektor steht auf und fragt ruhig und freundlich: „Darf ich fragen wo sie im Moment wohnen, Miss Jenkins?"

„Ich wohne im Moment im Hotel, eventuell für die nächsten drei Monate, solange dauert wohl die Instandsetzung, sagten Sie doch?"

„Ja, das ist korrekt. Dann erwarte ich Sie morgen oder in den nächsten Tagen wieder."

Wie immer, setzt Moses Kating seinen Hut als erstes auf, kommt von der Pritsche hoch und tritt an die Kommode, auf der eine emaillierte Blechschüssel und eine Kanne Wasser stehen. Er schüttet sich Wasser ein und taucht seine Hände hinein um sich Wasser ins Gesicht zu spritzen. Mit seinen feuchten Händen wischt er sich durchs Haar, bindet darauf hin seinen Revolvergürtel um und setzt sich hinter seinen Schreibtisch. Den Revolver legt er griffbereit auf den Tisch mit der Mündung zur Tür. Gleich werden die beiden nächtlichen Reiter aus dem Gefängnis kommen um ihre Waffen zu holen. Kaum liegt die Waffe, geht auch schon die Tür auf und die beiden kommen herein: „Hallo Sheriff!", die beiden gucken grimmig.

„Wir hatten schon bessere Hotels und die Bedienung war auch freundlicher und Sie waren auch nicht besonders nett zu uns, das werden wir uns merken! Jetzt hätten wir unsere Waffen wieder. Wir wollen weg aus dieser unfreundlichen Stadt. Also, wo sind unsere Waffen?"

Kating setzt ein freundliches Gesicht auf: „Jungs, ihr seid zu wild, es wird nicht durch die Stadt galoppiert, verstanden. Das nächste Mal wird es für euch teurer. Wo kommt ihr her und was macht ihr in dieser Stadt."

„Sheriff, ich glaube das Sie das nichts angeht, wir werden uns ab jetzt weniger wild betragen und keinen Grund zum Ärger geben, also wo sind unsere Waffen?"

„Wenn ihr Euch umseht, dort auf der Kommode liegen eure Colts. Die Patronen sind herausgenommen. Da ihr Gäste meines Hotels wart, habt ihr Anspruch auf ein Frühstück. Im Saloon könnt ihr Frühstück einnehmen, sagt, dass ihr von mir kommt. Okay?"

Die beiden Reiter nehmen ihre Colts und verlassen wortlos das Büro, binden ihre Pferde los und gehen hinüber zum Saloon. Sheriff Kating hat seinen Revolver wieder eingesteckt und steht in der Tür und beobachtet sie. Sie kommen an dem aufrechtstehendenen Sarg des Messerwerfers vorbei. Beide bleiben stehen, fangen an zu diskutieren und schwingen sich dann auf ihre Gäule und reiten davon.

Dachte ich es mir doch gleich, die stecken alle unter einer Decke. Er schließt die Tür von außen und geht schräg über die Straße an dem ausgestellten hochkant stehenden Sarg des Messerwerfers vorbei in den Saloon zum Frühstück.

Gleich nach dem Frühstück erwartet er die Postkutsche, die vor dem Hotel hält, um die Gäste aussteigen zu lassen. Er sitzt am Tisch, das Fenster ist notdürftig repariert mit einem Tischtuch. Der Sheriff guckt sich das Fenster an und wartet auf Maria, die das Frühstück bringen soll. Plötzlich kommt ein Junge zur Tür herein gelaufen: „Ist der Sheriff hier?"

Er sieht sich um, der Wirt hinter der Theke trocknet Gläser ab und weist nur mit dem Glas in der Hand zum Sheriff. Der Junge tritt an den Tisch des Sheriffs: „Sheriff, Mr. Hopkins schickt mich und ich soll Ihnen diesen Brief geben, er sagt Sie würden sich dafür erkenntlich zeigen!"

Kating nimmt den Brief und gibt dem Jungen einen viertel Dollar.

„Danke Sheriff, wenn Sie wieder eine Aufgabe für mich haben, ich bin immer für Sie da. Ich heiße Jake. Sie finden mich immer im Hotel."

Der Junge rennt zur Tür raus und der Sheriff öffnet den Brief. Da steht: „Heute kommt ein R.S mit der Kutsche".

Gruß Hopkins.

Ben, der Deputy betritt den Saloon, sieht den Sheriff und kommt an seinen Tisch.

„Guten Morgen Moses, gibt's was Neues?"

„Morgen Ben, ich werde mir gleich die Passagiere der Postkutsche ansehen, die hier aussteigen und bleiben. Geh du bitte in das Hotel und warte auf die Gäste und pass auf, ob dort jemand die Initialen R.S hat. Dann sag mir wer es ist. Am besten du gehst sofort. Ich sehe mir das Schauspiel von hieraus an.

Maria bringt wie immer das Essen und stellt es vor den Sheriff.

„Eine Frage Sheriff. Wer bezahlt uns den Schaden von unserem Fenster?"

Sie hat die Arme in die Seiten gestemmt und guckt den Sheriff fragend an.

„Maria, ich bin kein Richter und kein Anwalt, aber ich würde mich an deiner Stelle an die Erbin vom Waffenschmied halten. Mehr kann und will ich dazu nicht sagen."

Sie nickt mit dem Kopf und dreht sich um, um wieder in die Küche zu gehen. Kating isst in Ruhe, denn von der Kutsche ist noch nichts zu hören.

Danach steht der Sheriff auf und tritt aus der Tür des Saloons, er setzt sich auf einen Stuhl auf der Veranda und kippt ihn leicht nach hinten und dreht sich eine Zigarette. Lieber würde er eine Zigarre rauchen, aber das Schauspiel wird wohl nicht so lange dauern. Er wartet rauchend auf die Postkutsche. Was kommt da auf ihn zu, denn dass da jemand eintrifft, der seine Aufmerksamkeit verlangt, ist ihm klar. Sonst hätte Hopkins ihm nicht den Jungen geschickt.

Nach einiger Zeit rennt ein Junge die Straße herunter und ruft: „Die Postkutsche kommt, die Postkutsche kommt." Tatsächlich hört man das Rattern der Räder und das Pferdegeläuf. Die Kutsche poltert die Straße herauf und hält quietschend vor dem Hotel. Er hört den Kutscher rufen: „Wellington Hotel."

Der Kutscher stellt die Bremse fest und wickelt die Zügel um den Hebel. Er springt vom Bock und sein Begleiter legt sein Gewehr auf die Bank, steigt oben auf das Dach der Kutsche und wirft die Gepäckstücke herunter. Der Kutscher fängt sie auf. Er öffnet den Schlag der Kutsche und ruft hinein: „Der Hausdiener wird gleich ihre Sachen ins Hotel bringen. Bitte alle Personen die ins Hotel wollen, aussteigen, danach fahren wir weiter zur Wells Fargo Station. Also meine

Herrschaften wir haben zehn Minuten Aufenthalt, dann geht es weiter."

Der Begleitmann tritt hinten an die Kutsche und lädt auch dort das Gepäck aus. Niemand will weiterfahren und niemand steigt hier ein. Erst bei der Poststation werden wieder Passagiere sein. Der Begleitmann geht zum Kutscher: „Okay, Smooky, das Gepäck ist raus, wir können weiter."

Der Clerk des Hotels steht hinter seinem Pult und trägt die Namen der Gäste ein. Es sind fünf Männer gekommen. Ein Reisender scheint ein Vertreter zu sein, denn er fragt nach dem Waffenschmied. Als er hört, dass dieser verstorben ist, fragt er gleich nach der Poststation und will wissen wann die nächste Kutsche geht. Aber man verweist ihn an Kate Jenkings. Zwei Mann wollen zur Salt Fork Ranch und fragen nach dem Mietstall.

Ein Mann ist völlig in schwarz gekleidet. Nicht nur sein langer Mantel und die Weste sind schwarz, auch trägt er einen schwarzen Hut mit einem Silberband. An seinem Halsausschnitt sieht man auf dem Halstuch eine Spange mit Perle. Um die Hüften trägt er rechts einen tiefsitzenden Colt. Er trägt sich ein mit dem Namen Ringo Stuart und fragt nach dem Zimmer von Kate Jenkings. Er bittet um ein Zimmer auf dem gleichen Flur und lässt dann sein Gepäck ins Zimmer hinauftragen. Danach zündet er sich eine lange schmale Zigarre an und betritt den Speiseraum. Es ist Mittagszeit.

Ben sitzt in einer Ecke in einem Sessel und hört genau zu. Nachdem Ringo Stuart den Speisesaal betreten hat, steht er auf und geht hinüber zum Sheriff, die Postkutsche ist inzwischen wieder mit Geratter und Peitschengeknalle zum Postkontor abgefahren. Er setzt sich neben den Sheriff und dreht sich ebenfalls eine Zigarette. Er lässt sich vom Kating

Feuer geben: „Also, Ringo Stuart ist gekommen", brummt der Sheriff.

„Sein Name hat einen weiten Hall. Einen Hall wie Donnerklang. Spieler und Revolverheld. Das ist sein Pech, ich hatte früher auch so einen Namen, ich will dir meinen Kriegsnamen gar nicht erst sagen, mein Glück war, im Nachhinein gesehen, der Krieg. Denn dadurch war ich einfach verschwunden und nach dem Krieg vergessen."

„Soll ich ihm die Stadt verbieten? Dann haben wir Ruhe vor ihm."

„Ben, du bist immer noch zu eifrig. Ich denke, dass ich ein guter Sheriff geworden bin und wenn *du* ein guter Sheriff werden willst, musst du lernen in Ruhe abzuwarten bis eine Situation entsteht, die eine Handlung erzwingt."

Carol Winter, die Schneiderin, hat mehrere Hemden genäht und gewaschen, nun will sie die diese draußen auf der Leine hinter ihrem Haus trocknen, um sie bügeln zu können und dann ins Regal zum Verkauf zu legen. Hinter ihrem Haus liegen ca. fünfzig Yards Garten, nebenan beim Waffenschmied ist an dieser Stelle ein Platz, an dem die Lieferanten ihre Wagen abstellen können.

Die Hintertür ist geöffnet und sie geht mit dem Wäschekorb nach draußen, stellt ihn auf die Bank und nimmt das erste Hemd. Sie ist mit ihren Gedanken bei Ben. Auf einmal hört sie Stimmen. Es müssen Kinder oder Jugendliche sein, die an der Seite ihres Hauses stehen, auf dem Weg zwischen Waffenschmied und ihrem Haus.

„Zeig mal her! Los zeigen. Du Angeber, du hast es gar nicht!"

„Klar habe ich es, du Pfeife, wenn ich es sage!" „Na, denn zeig es doch, aber ich glaube du hast es nicht!"

„Na okay, aber nur ansehen nicht anfassen." Einen Moment ist es still.

„Wow, du hast es wirklich, wo hast du es her, der Waffenschmied ist tot, von dem kannst du es nicht haben, ich dachte du hast jetzt keinen Botendienst mehr."

„Ich sagte, nicht anfassen, natürlich mache ich keine Botengänge mehr für den alten Jenkings. Ich musste eine neue Quelle aufreißen."

„Aber gleich ein Fünfdollarstück! Man, was ist das für eine Quelle?"

„Tut mir leid, darüber kann ich nicht reden!"

„Mike, wir sind die besten Freunde und jetzt willst du mir Nichts sagen, wo wir alles zusammen gemacht haben. Also Chet, ich kann dir nur so viel sagen, ich war zufällig im Hotel und dann hielt mich ein großer schwarzer Mann fest und machte mir ein Angebot, wenn ich es gut ausführe, bekomme ich noch einmal ein Fünfdollarstück. Wenn ich zwanzig Dollar zusammen habe, kaufe ich mir einen Colt, dann übe ich und werde der schnellste Schütze von Texas, jawohl!"

„Man Mike, kannst du mich nicht mit ins Geschäft nehmen, Mike bitte!"

Carol hört, dass die Stimmen leiser werden, also gehen die Jungen weg. Sie hängt in Ruhe ihre Hemden auf und schließt dann die Tür von innen ab, und geht vorne aus dem Haus. Sie sieht Ben und den Sheriff vor dem Saloon sitzen und geht auf die beiden zu. Sie überquert den knöchelhohen Staub in der Straße und tritt wieder auf die Holzplanken vor dem Saloon. Sie sieht sich scheu um, denn Frauen wie sie, haben in dieser Stadt vor dem Saloon nichts verloren, sie spricht den Deputy an: „Ben kann ich kurz mir dir reden, aber bitte nicht hier."

Ben steht auf: „Okay, komm mit ins Sheriff Büro, da können wir ungestört reden!"

Er bietet ihr den Arm und sie gehen zusammen rüber zum Büro des Sheriffs. Kating kneift die Augen zusammen, sieht ihnen nach und lehnt sich dann wieder an die Wand.

Im Büro angekommen, fordert Ben sie auf: „Nimm doch Platz, was gibt es denn so Eiliges?"

Sie erzählt ihm was sie eben gehört hat und fragt: „Für was für einen Dienst zahlt denn ein Fremder einem vielleicht vierzehnjährigen Jungen fünf Dollar. Das kann doch nicht redlich sein."

Ben bestätigt: „Danke Carol für die Information, sie war vielleicht wirklich wichtig. Komm ich bringe dich wieder nach Hause."

„Prima, aber erst einen Kuss als Bezahlung!"

Sie kräuselt ihren Mund. Ben gibt ihr einen kleinen Kuss auf die Lippen.

„Ist das alles", fragt sie.

„Carol, Darling wir sind hier im Büro und es kann jederzeit jemand herein kommen, also lass uns gehen!"

Sie treten aus dem Haus und Carol meint schnell: „Hey, guck mal da drüben gehen die beiden Jungen, ich weiß nur nicht welcher es von den beiden Jungen war."

Ben guckt sich die Beiden genau an, sie sitzen vor der Ruine des Waffenschmieds. Ben trägt Carol, durch den Staub, auf die andere Seite der Straße dabei erläutert sie: „Der Junge, der das Geld hatte, hat vorher für den alten Jenkings Botengänge gemacht."

„Danke, das war auch wichtig."

Er stellt sie auf die Füße und geht dann mit ihr zu ihrem Haus, verabschiedet sich und kehrt zurück zum Sheriff. Er setzt sich wieder neben ihn.

„Na, privater Ärger?"

„Nein, ganz und gar nicht", antwortet Ben und wiederholt was er gerade gehört hat. Er zeigt ihm auch die Jungen vor dem Haus des Waffenschmieds.

„Interessant, Ben, das will ich doch mal genauer wissen. Warte, ich komme gleich wieder."

Er geht hinunter zum Hotel, tritt ein und fragt den Mann hinter dem Anmeldepult: „Zeigen Sie mir das Gästebuch."

Das Buch liegt auf dem Pult und der Clerk dreht es wortlos um. Kating blättert scheinbar interessiert im Buch: „Ja, es hat alles seine Ordnung, danke. Geben Sie mir eine Zigarre."

Er nimmt die Zigarre und setzt sich auf den Sessel in die Anmeldehalle. Wie immer zieht er sein Streichholz aus der Westentasche und zündet ihn an der Stiefelsohle an. So pafft er genüsslich vor sich hin. Nun hat er doch noch seine Zigarre bekommen. Der Angestellte geht in einen hinteren Raum und fängt an Post zu sortieren.

Der Sheriff betritt den Speisesaal, sieht sich in dem Raum um, durchquert ihn und betritt den Hof. Endlich sieht er den Laufjungen, der gerade angerannt kommt. Kating hält ihn fest und fragt: „Gilt dein Angebot noch?"

Der Junge bleibt stehen: „Klar, Sheriff!"

„Also pass auf Jake, ich habe für dich einen Auftrag, wenn du ihn übernimmst, bestimmst du die Höhe der Bezahlung. Interessiert?"

„Ja, klar, was soll es sein?" Er zieht den Jungen mit sich an der Seite des Hotels vorbei bis sie auf die Hauptstraße blicken können.

„Kennst du die beiden Jungs da vor dem Haus des alten Jenkings?"

„Ja, ich kenne sie, warum?"

„Komm zu mir ins Büro wenn du Zeit hast, aber möglichst schnell, dann reden wir. Bis dann."

Der Sheriff geht wieder zurück zu Ben und setzt sich, die Zigarre in der Hand. Er macht einen Zug und bläst einen Rauchring vor sich.

„Ah ja, ich verstehe Moses, du holst dir eine Zigarre und ich denke du hast was Wichtiges vor!"

„Das hatte ich auch, komm wir gehen ins Büro, es kommt Besuch für uns."

Ringo Stuart klopft an die Tür von Kate Jenkings. Sie ruft: „Wer ist da?"

„Kate macht auf, hier ist Ringo".

Sofort öffnet sich die Tür und sie fordert ihn auf: „Komm rein, ich warte schon auf dich. Endlich bist du da."

Er nimmt sie leicht in den Arm und streichelt ihre Wange.

„Ich habe dich auch sehr vermisst und bin so schnell gekommen wie mir möglich war. Nun lass uns das Widersehen ein wenig feiern, gehen wir in die Bar nach unten und nehmen einen Drink."

Sie lächelt ihn an und nickt. Er bietet ihr seinen Arm, sie hakt sich ein und beide gehen zusammen die Treppe hinunter. Ein Hausdiener kommt ihnen entgegen. Mit schneidender Stimme spricht Stuart ihn an: „Gehen Sie aus dem Weg, Sie Idiot, sehen Sie nicht, dass wir herunterkommen, na los verschwinden Sie, machen Sie mir und der Lady Platz, aber plötzlich!"

„Ja, Sir natürlich, entschuldigen Sie!"

Der Hausdiener geht eilig die Treppe wieder hinunter und ist verschwunden.

Sie betreten beide die Bar, es ist noch früher Nachmittag und sie sind die Ersten. Ringo geleitet sie an einen Tisch und schiebt ihr den Stuhl unter, auf den sie sich setzt. Hinter dem

Tresen gießt Stuart zwei Gläser ein, bringt sie zum Tische und setzt sich neben sie.

„Komm, Darling lass uns das Wiedersehen feiern. Auf uns beide!", er hebt das Glas und trinkt. Kate nippt an ihrem Glas und antwortet: „Es ist viel passiert." Sie sieht ihn an. Er schaut zurück und fragt langsam: „Ja, das sehe ich wohl, wieso wohnst du hier im Hotel, ich dachte du bist in diesem Ort zu Hause?"

„Das stimmt schon, Ringo. Aber das Haus von meinem Vater ist explodiert, es ist alles so kompliziert. Die Männer hier, ich meine der Sheriff und der Deputy sind ungehobelte Menschen, dreckig und unverschämt, der Bürgermeister hält mich hin, er muss erst im Stadtarchiv Unterlagen suchen. Ich kann nicht an mein Erbe herankommen. Der Bankdirektor will mir mein Geld, das heißt das Geld meines Vaters nicht aushändigen. Es ist unglaublich, er hat mir stattdessen einen Kredit angeboten. Der ist verrückt. Ach Ringo, gut das du da bist. Ich muss meinen Vater beerdigen. Der Tischler hat den Sarg fertig und morgen ist die Beerdigung. Es ist ein so kläglicher Sarg, alles ist so fürchterlich, ich könnte schreien! Stell' dir vor, der Deputy hat mich geschlagen, mich eine Lady, du musst ihn töten, dass erwarte ich von dir. Dieser Mistkerl muss sterben. Ich will ihn tot sehen, tot, tot, tot!"

Alles bricht heftig aus ihr heraus. Sie ist außer sich vor Hass. Dann beruhigt sie sich etwas und berichtet: „Auch der alte Trottel von Sheriff braucht eine Lektion, die wird er haben wenn sein Deputy ins Gras beißt."

Sie schnauft verächtlich, steht auf und zeigt auf sich: „Sieh' mich an, ich muss schwarz tragen, ah wie ich das hasse. Grauenhaft, ich sehe bestimmt fürchterlich für dich aus. Hoffentlich kannst du mir verzeihen, aber solange wir uns hier in Wellington aufhalten, muss ich das tragen."

Sie setzt sich wieder. In diesem Moment guckt der Hotelbesitzer in die Bar. Er ist dick und schwitzt. Er kommt zum Tisch tippt an den Hut und sagt etwas außer Atem: „Miss Jenkins?", er blickt sie an, dann blickt er auf Stuart und stellt sich vor: „Sir. Ich bin der Hotelbesitzer, mein Name ist Patrik O'Hara. Ich hoffe Sie fühlen sich hier wohl." Er macht eine kleine Pause, und ohne länger zu warten fragt er Miss Jenkins: „Kann ich Sie einen Moment unter vier Augen sprechen?"

Kate Jenkings nickt und antwortet: „Sprechen Sie ruhig Mr. O'Hara, Mr. Stuart kann es ruhig hören, er ist ein Vertrauter."

„Ja, natürlich. Ich soll ihnen, Miss Jenkings, vom Bürgermeister ausrichten, dass alle Papiere, sie betreffend, gefunden wurden. Es sei alles in Ordnung und Sie möchten bei Gelegenheit doch zu ihm kommen um eine gewisse Angelegenheit zu erledigen. Auch der Bankdirektor ist benachrichtigt worden. Er erwartet Sie ebenfalls. Ich wünsche Ihnen noch einen angenehmen Tag". Er tippt an den Hut, dreht sich um, und verlässt schnaufend die Bar.

„Eine sehr gute Nachricht", sie dreht sich zu Stuard: „Komm mit mir Ringo, dann können wir die Dinge erledigen und es wird leichter sein, wenn du bei mir bist."

Sie fasst ihn am Arm.

„Aber natürlich, um wie viel Geld handelt es sich bei deinem Erbe, ich will es nur wissen, damit ich beim Bankdirektor Bescheid weiß, mein Liebes."

Er streichelt ihre Hand.

„Die Summe beläuft sich auf ca. einhunderttausend Dollar."

„Gut, dass du es mir sagst, Darling. Er setzt seinen Hut auf: „Lass uns gehen."

Ringo erschauert innerlich, eine Gänsehaut läuft ihm über den Rücken, er lässt sich aber nichts anmerken und verbirgt seine Gedanken in seinem tiefsten Inneren.

Kating sitzt in seinem Büro. Der junge Jake kommt herein, nimmt seinen Hut ab und tritt an den Tisch, hinter dem der Sheriff sitzt. Dieser hat seine Füße auf den Tisch. Er nimmt sie herunter und beugt sich vor.

„Jake, gut dass du gekommen bist. Setz dich." Als Jake sich gesetzt hat fährt er fort: „Ich muss erst von dir wissen ob du verschwiegen bist und ob ich mich auf dich verlassen kann. Sieh mich an und sag mir, dass es so ist."

Jake sieht dem Sheriff genau in die Augen und antwortet: „Sir, bei dem Leben meiner Mutter, ich bin verschwiegen und zuverlässig."

Mit großen Augen schaut er den Sheriff an. Dann fällt dem Jungen etwas ein: „Sir, wenn ich nicht zuverlässig und verschwiegen wäre, dann könnte ich nicht für das Hotel als Bote arbeiten."

Der Sheriff lehnt sich zurück: „Gut Jake, ich glaube dir. Ich gebe dir jetzt eine Aufgabe und du versuchst sie zu lösen. Du bist dafür sozusagen ein Mitarbeiter von mir. Also ich habe dir vorhin zwei Jungen in Deinem Alter gezeigt. Einer von beiden hat dir sozusagen einen Job im Hotel weggenommen. Dieser Junge hat einen Auftrag von einem Hotelgast bekommen und ist dafür bezahlt worden. Er hat vorher für den alten Jenkings als Bote gejobbt. Finde heraus, wer von beiden für Jenkings gearbeitet hat und was er für das Geld von seinem Auftraggeber tun soll. Traust du dir das zu?"

„Solch eine Aufgabe hatte ich noch nie, aber ich muss mich weiter entwickeln, ich werde mein Bestes tun, Sheriff. Aber ich weiß schon wer für den alten Jenkings als Bote unterwegs war. Danke Sheriff."

„Gut, mein Sohn. Tu dein Bestes und was immer du herausfindest, komm zu mir oder zu Mr. Adams meinem Deputy. Hast du alles verstanden. Noch Fragen?"

„Ja, Sir. Was ist, wenn sie beide nicht da sind? An wen soll ich mich dann wenden."

„Gute Frage, ich sehe, dass du mitdenkst. Sollte dieser Fall eintreten, dann wende dich an Mr. Hopkins, den du kennst, da du mir bereits eine Nachricht von ihm überbracht hast. Noch eine Frage?"

„Nein, Sir!"

„Gut, dann los." Der Sheriff erhebt sich und bringt den Jungen an die Tür.

Ben betritt das Büro.

„Komm", knurrt der Sheriff bevor Ben etwas sagen kann.

„Lass uns aus der Stadt reiten, ich brauche mal ein bisschen Wind um die Nase und außerdem will ich wissen ob unsere drei wilden Boys noch draußen vor der Stadt herumlungern oder irgendwo lagern. Wir können noch eben Blood und Bones Bescheid sagen, sie sollen sich hier im Büro aufhalten, falls jemand Sorgen hat."

Wieder geht der Sheriff zum Gewehrständer und nimmt die beiden Winchester heraus. Wieder wirft ein Gewehr Ben zu, dann verschließt er den Gewehrständer wieder sorgfältig und steckt den Schlüssel in ein Kästchen im Schreibtisch. Er wendet sich zur Tür und tritt hinaus. Ben folgt ihm. Sie gehen in Richtung Gefängnis. Dort angekommen schlägt Ben wieder mit dem Kolben des Gewehrs gegen die Tür. Die beiden Deputies werden informiert und der Sheriff wendet sich in Richtung Mietstall. Als sie näher kommen, sehen sie den Einspänner wieder im Mietstall stehen.

„Aha", sagt Ben: „Unsere Lady braucht den Wagen nicht mehr."

In dem Moment sehen sie den Stallmann aus dem Stalltor ihnen entgegen kommen und der Sheriff spricht ihn an: „Shorty wir brauchen unsere Pferde."

Shorty ist ein alter Cowboy, er humpelt ein wenig und fängt sofort an zu schimpfen: „Warum sagt mir denn keiner was, eure Pferde wären fertig gesattelt, wenn ich Bescheid wüsste. Aber mir wird ja nichts gesagt, Sheriff. Warum sagt mir keiner was!" Er gestikuliert mit beiden Armen dazu, sein Zigarrenstummel tanzt in seinem Mund und dieser könnte jeden Moment herunterfallen, tut es aber nicht.

Weil die beiden nicht antworten, beginnt er wieder von vorne: „Warum sagt ihr mir nicht Bescheid, jetzt müsst ihr warten. Immer dasselbe. Mit mir kann man es ja machen. Shorty mach dies, Shorty mach das, aber das Wichtige wird einem nicht gesagt. Haben die denn alle keinen Mund, ja aber wenn was nicht stimmt, dann war ich es wieder, aber mir sagt ja keiner was."

Der Sheriff und Ben grinsen sich an. Beide kennen ihn und vor allem seine dauernden Beschwerden. Shorty ist inzwischen im Stall verschwunden und man hört ihn noch vor sich hin schimpfen.

„Wir können doch unsere Pferde selber satteln?" fragt Ben. Der Sheriff bemerkt darauf grinsend: „Versuch es mal, in dem Fall geht er mit der Forke auf dich los. Er meint, das ist sein Job und den lässt er sich auch nicht nehmen. Ben du bist immer noch zu eifrig, lass ihn den Job machen, dann ist er zufrieden und fühlt sich gebraucht. Warte einfach, bleib stehen und strahl Ruhe aus, du bist bald der Sheriff und nimm diese kleinen Liebesdienste an."

Shorty verlässt mit den beiden Pferden den Stall und kommt auf die beiden zu: „Es wurde auch Zeit das ihr eure

Pferde mal wieder ausreitet, die sind schon ganz nervös, muss man euch das auch noch sagen. Na los, nehmt sie schon hin und sagt mir nächstes Mal vorher Bescheid. Ha, alles muss man ihnen sagen, aber mir sagt keiner was…!"

Sie warten bis er wieder in den Stall gehumpelt und verschwunden ist.

„Er war bestimmt mal ein guter Cowboy", murmelt Kating und sitzt auf. Er reitet an und Ben folgt ihm aus der Stadt. Zusammen schlagen sie die Richtung nach Norden ein. Sie reiten einen kleinen Hügel hoch und sehen sich von dort oben um.

„Wo würdest du lagern?" fragt Kating: „Wenn du hier auf irgendwen warten müsstest?"

„Auf jeden Fall brauche ich Übersicht und Sonne, es ist schon empfindlich kühl, wenn man nur wartet. Ich würde auf einem kleinen Hügel im Norden warten, wo mir die Sonne von Süden auf den Bauch scheinen würde und ein Felsen mich von hinten vor dem Wind schützte. Er nickt mit dem Kopf nach vorne: „Die Anhöhe da wäre nicht schlecht."

Er beugt sich ein wenig nach vorne und schiebt sein Gewehr etwas tiefer in das Scabbard. In dem Moment hören sie das Taumeln einer schweren Kugel und das Pferd bricht unter Ben zusammen. Schon ist der Sheriff vom Pferd und hat es auf den Boden herunter gezwungen. Er liegt schon hinter seinem Pferd, als man die nächste Kugel anschwirren hört.

„Teufel, da schießt einer mit einer Sharp." Dann ruft er: „Ben bist du Okay?"

„Mir ist soweit nichts passiert aber mein Fuß liegt unter dem Pferd. Das Pferd schlägt mit den Hufen vor Schmerz aus. Moment, gleich bin ich frei…"

Wieder hören sie eine Kugel heran sirren.

„Erschieß das Pferd, bevor du erschossen wirst!", schreit Kating. Ben schreit auf, sein Pferd hat ihn mit einem Huf an der Schulter getroffen, als er seinen Revolver ziehen wollte.

„Was ist los?", schreit wieder Kating: „Bist du getroffen worden?"

„Verdammt, du sollst dein Pferd erschießen!"

Ben beißt die Zähne zusammen und kann endlich seinen Revolver ziehen und gibt seinem Reittier den Gnadenschuss. Sein Pferd liegt nun still, aber Kating hat alle Hände voll zu tun um sein Pferd am Boden zu halten, es riecht Blut.

„Der Schütze ist viel zu weit, keine Chance für die Winchester!", schreit Kating. Wieder kommt eine Kugel und trifft das tote Pferd. Kating zählt die Sekunden.

„Eins, zwei, drei. Die nageln uns hier fest, Teufel die nehmen aber übel. Und sie schießen verdammt schnell. Normalerweise dauert es sechs Sekunden zwischen zwei Schüssen. Wir müssen hier weg. Die nächste Deckung, wo ist die nächste Deckung."

Sie sehen sich um, es sind bestimmt fünfzig Yards bis zu den nächsten Bäumen auch Felsen sind nirgends zu sehen.

„Jetzt gibt es zwei Möglichkeiten", keucht Kating dicht an sein Pferd gepresst.

„Erstens, ausharren bis zur Dunkelheit"…

„Und Ruhe ausstrahlen hast du vergessen!" knurrt Ben, „und zweitens Moses?"

„Ein Zickzackspurt bis zu den nächsten Bäumen, das wäre eine Chance von fünfzig zu fünfzig".

Sie hören wieder einen Schuss und sehen die kleine Rauchfahne aufsteigen, aber dieses Mal hören sie keine Kugel.

„Die hat er verrissen, er lässt nach, der Mistkerl…"

„Nein, sieh mal genau hin!"

Man sieht einen Indianer mit einem Bogen in der Faust, beide Arme in die Höhe gereckt, die er immer wieder in die Luft stößt.

„Das ist doch White Fox, der Sohn von White Bear."

Kating guckt noch mal genau.

„Ja, das ist er, Moses. Lass uns hinreiten, er hat zumindest den Schützen erledigt."

Kating lässt sein Pferd aufstehen und beide setzten sich auf sein Pferd und reiten auf White Fox zu. Die letzten hundert Yards geht es ziemlich steil hinauf, Ben springt vom Pferd und klettert hinterher. Oben angekommen steigt Kating vom Pferd und Ben kommt schwer atmend angelaufen. Sie stehen vor White Fox und heben die Hände mit den Handflächen nach außen.

„Yattee! Kating. White Fox schenkt dir diese beiden Dummköpfe, die nicht mal eine Büffelherde hinter sich hören würden. Yattee!"

Damit dreht sich White Fox um und verschwindet im Wald. Kurz darauf hören sie ein Pferd davon galoppieren.

„Es ist doch gut, wenn man Freunde wie diese hat, Moses. Aber das war kein Zufall. Ich bat White Bear über Carol, dir einen Schatten zu schicken der über dich wacht. Und es war gut so."

„Wie soll ich das verstehen? Du hast Carol damit beauftragt White Bear um Schutz für mich zu erbitten?"

Kating zieht die Augenbrauen hoch und dann grinst er.

„Ja, war ja auch notwendig, wie man sieht." „Ach, ich verstehe, der alte Sheriff braucht schon ein Kindermädchen, na toll. Was erwartet mich noch von dir? Aber danke, lass uns die beiden ansehen!"

Kating geht zu dem Schützen hinüber, der auf dem Bauch in Deckung liegt, mit einem Pfeil im Rücken. Dieser hat das Herz durchbohrt.

„Blattschuss", knurrt er. Das Sharpgewehr hält er noch in der Hand. Kating fasst ihn ins Haar und hebt den Kopf an.

„Ja, das ist einer von unseren wilden Boys." Er geht zu dem anderen, der lehnt am Baum. In seinen Händen hält er noch eine Ladung und einer zweiten Sharp in den Händen. Auch er ist mitten durchs Herz mit einem Pfeil an den Baum genagelt.

„Den kennen wir auch, der hat auch die Nacht im Yale gesessen. Der dritte ist weg. Wer weiß, wo der steckt. Zwei Sharpgewehre, das ist ungewöhnlich, ich habe mich schon gefragt, wie wir da unten in Deckung lagen, wie der so schnell laden kann. Sieh dir die Burschen an, hättest du denen zwei Sharpgewehre zugetraut? Die sehen doch eher wie Satteltramps aus. Ich sehe nach, wo ihre Pferde sind. Ben nimm mein Pferd bring den Totengräber mit. Ich wollte immer eine Sharp, aber Jenkings sagte immer, die sind so selten, dass man nur sehr schwer daran kommt. Selbst er hatte da seine Probleme und nun haben wir gleich zwei. Verrückt!"

Kating steht da und beginnt sich eine Zigarette zu drehen.

„Moses soll ich dir mal was sagen, du machst mich verrückt. Wir werden da unten beschossen mit einer Sharp, mein Pferd ist tot. Die Lage ist so ziemlich aussichtslos. Aber nichts regt dich auf. Du machst mich wahnsinnig mit deiner Ruhe, verdammt du regst mich auf!"

Kating steckt ihm die Zigarette in den Mund, gibt ihm Feuer. Ben macht einen Zug, wirft die Zigarette auf den Boden, tritt sie aus, dreht sich um und steigt auf Katings Pferd und reitet los zur Stadt. Kating sieht ihm nach und murmelt: „Sei froh, dass du nicht im Krieg warst, Junge."

Kate Jenkings und Ringo Stuart sitzen inzwischen im Büro von Bankdirektor Hopkins. Stuard führt das Wort, Kate Jenkings sitzt daneben und sagt nichts, sie nickt nur ab und zu bestätigend mit dem Kopf.

„..Und ich habe Sie richtig verstanden, Sie wollen wirklich hunderttausend Dollar jetzt in bar mitnehmen?" Hopkins fragt ruhig und zieht die Augenbrauen hoch.

Stuard raucht eine Zigarre und sieht dem Direktor direkt in die Augen: „Ich wiederhole mich ungern, Ja wir nehmen das Geld jetzt mit. Hier neben mir steht eine Tasche."

Er deutet mit der Zigarre in der Hand darauf.

„Holen Sie es, wir werden ihnen das Geld quittieren. Wir wollen noch die Postkutsche nach Clinton erreichen. Bitte!"

Das Bitte klingt eher wie ein Befehl.

Hopkins blickt ihn an und schaut dann zu Kate Jenkings, diese nickt, er erhebt sich und entgegnet: „Wenn Sie mich bitte einen Moment entschuldigen würden, ich werde das Geld holen."

„Natürlich!" beide nicken.

Einen Moment später kehrt Direktor Hopkins mit dem Hauptkassierer zu den beiden zurück. Der Kassierer, hält ein Tablett in den Händen. Auf diesem liegen fünf Bündel mit jeweils zwanzigtausend Dollar. In jedem Bündel sind zwanzig Scheine zu fünfhundert Dollar. Neben den Bündeln liegt ein Papier. Hopkins nimmt das Papier und legt es auf den Tisch. Zu Kate Jenkings gewandt bittet er: „Wenn Sie die Auszahlung bitte quittieren wollen. Mr. Stuard, wenn Sie bitte hier als Zeuge unterschreiben, dann werde ich hier unterschreiben und dort mein Hauptkassierer."

Kate sieht Stuard an, dieser nickt und sie nimmt die Feder und unterschreibt. Dann folgt Ringo Stuart. Während Hopkins und der Kassierer unterschreiben, beginnt Stuard die Scheine zu zählen. Er nimmt ein Bündel schiebt die

Banderole nach unten und zählt wahnsinnig schnell, alles dauert nur drei Minuten. Er greift die Tasche, legt das Geld hinein und steht auf, verneigt sich leicht und bemerkt: „Es war mir eine Freunde mit ihnen Geschäfte zu machen", wobei er lächelt, aber seine Augen sind glashart. Auch Hopkins erhebt sich und verbeugt sich leicht. Beide wissen, dass sie sich nicht mögen.

„Miss Jenkins, ich wünsche Ihnen eine gute Reise, Mr. Stuard." Zu seinem Kassierer gewandt, ordnet er an: „Begleiten Sie die Herrschaften bitte zur Tür." Hopkins geht zum Fenster und öffnet es. Er atmet tief ein, schüttelt den Kopf und nimmt dann das Schriftstück und geht hinaus.

„Smooky, da kommen unsere letzten Gäste, wir können gleich fahren."

Der Begleitmann öffnet die Tür, Ringo Stuart hilft Kate Jenkings in die Kutsche, und steigt selber hinterher. Der Begleitmann schlägt die Tür hinter Stuart zu. In der Kutsche sind nur zwei weitere Personen. Sie sehen aus wie Spieler, die ebenfalls nach Clinton wollen und von dort aus nach Oklahoma City weiterreisen werden. Der Begleitmann tritt auf den Achskopf und schwingt sich auf den Bock. Smooky schlägt die Zügel und ruft: „Hüa, ihr müden Biester, los ihr Faulenzer. Auf geht's hüa hoo!"

Die Kutsche rumpelt los. Die Fahrt führt aus der Stadt, und schwenkt auf die Straße, die in Richtung Norden verläuft. Es geht durch welliges Land, leichte Hügel. Der Wagen des Totengräbers kommt ihnen entgegen. Dieser weicht der Kutsche aus, indem er an die Seite fährt. Er weiß, die Kutsche hat einen Fahrplan. Bald erreicht die Kutsche die Stelle an der das tote Pferd von Ben liegt. Zwei Personen sind dabei den Sattel und das Zaumzeug abzunehmen. Oben kreisen Geier, die auf das tote Pferd von Ben warten. Weiter geht es durch Grasland, auf den Hügeln ringsum stehen größere Waldbestände. Hin und wieder zeigt sich ein großer Greifvogel, der hoch oben schreiend über dem Weg schwebt. Die Kutsche fährt auf eine Anhöhe, diese senkt sich nach Norden. Unten sieht man schon den Salt-Fork-Red-River liegen. Die Holzstapel der Holzanlegestelle sind schon gut zu sehen. Die Kutsche bewegt sich aber nicht auf die Holzanlegestelle zu, denn hier ist das Wasser zu tief für sie und zwar so tief, das Schiffe anlegenden können.

Sie weicht nach Osten aus und durchfurtet den Salt-Fork-Red-River an einer flacheren Stelle. Bis hierhin sind es sieben Meilen. Immerhin geht das Wasser noch bis an die Türkante. Aber es kommt kein Wasser in die Kutsche. Sie fahren weiter in Richtung Shamrock. Es sind noch dreizehn Meilen bis zur nächsten Station an der die Pferde gewechselt werden. Die Dunkelheit senkt sich über das Land. Es ist wolkenlos und der Mond steigt hinter den Wäldern auf. Schon taucht er die Hügel in fahles Licht.

Der Mond ist fast voll und es wird eine helle Nacht werden. Aber noch ist es nicht ganz dunkel. Kate Jenkings ist zufrieden guckt gelegentlich raus, rechts neben ihr sitzt Ringo. Gelangweilt sieht sie sich die anderen beiden Passagiere an.

Der ihr rechts gegenüber sitzt, kippt langsam vorneüber, jetzt sieht sie erst den Pfeil der die Planenwand der Kutsche durchschlagen hat. Sie schreit auf. Oben hören sie das Gewehr des Begleitmanns krachen. Ringo hat schon seinen Revolver in der Hand. Der Spieler links vor ihnen hält auch plötzlich eine Waffe in der Hand. Dann gibt es einen Ruck. Die Kutsche hebt sich hinten ein bisschen an. Kate und Ringo fallen auf die andern beiden Passgiere, und zudem fällt die Kutsche auf die Seite. Kate kreischt vor Todesangst. Da der andere Spieler durch Kate behindert wird, bekommt er seinen Revolver nicht hoch. Ein Schuss kracht und der Spieler fällt tot zur Seite. Ein Gesicht erscheint im Fenster der Tür. Ringo greift blitzschnell in das Haar und schießt durch die Tür. Der Tote Indianer wird durch Ringo festgehalten und dient ihm als Schutzschild. Nun taucht Ringo durch die Tür auf, den Revolver vor sich in der Hand und schon schießt er drei, vier Mal schnell hintereinander. Ringo stößt den Indianer von sich, reißt die Tür auf und springt nach oben hinaus. Sofort geht er hinter der Kutsche in die Hocke und schaut sich blitzschnell um. Wieder schießt er. Er schreit: „Los, Kate ich brauch den Revolver von dem toten Mann, los mach zu, wirf ihn einfach aus der Tür".

Der Revolver kommt angeflogen. Ringo fasst zu, wieder hört er Kates Schrei und ihren kleinen Revolver. Ein Indianer hat die Wand mit einem Messer durchschnitten und schaut hinein. Kate schoss sofort. Ein weiterer Krieger springt mit seinem Pferd über die Kutsche. Ringo schießt mit beiden Colts. Pferd und Reiter sind getroffen. Ringo lässt seinen leeren Colt fallen, reckt sich jetzt etwas, und späht jetzt über die Kutsche. Ein Speer rast auf ihn zu, er duckt sich ab, kommt aber sofort wieder hoch und schießt. Auch dieser Indianer wird getroffen. Dann ist es still. Das getroffene Indianerpferd wiehert, es will aufstehen, schafft es aber nicht. Ringo guckt wieder über die Kutsche die seitlich liegt. Fünf Indianer liegen tot um die Kutsche. Vorsichtig richtet er sich mit der Waffe in der Hand auf. Aber es gibt keine Gefahr mehr. Ringo geht nach vorne. Ein Pferd der Kutsche wurde durch einen Pfeil erschossen. Die hinteren beiden Pferde liegen mit unnormal abstehen Beinen da. Die Kutsche ist auf die Beine aufgefahren. Die Pferde wiehern jämmerlich. Nur ein Pferd steht noch und schnaubt. Die Augen weit aufgerissen. Stuart geht um die Kutsche. Der Begleitmann ist erschossen. Smooky liegt weiter weg von der Kutsche. Er stöhnt. Ringo geht auf ihn zu.

„Wie ist es mit dir Smooky?" Der stöhnt: „Ich kann mich nicht bewegen!" Ringo kniet nieder und drückt ihm auf die Brust.

„Kannst du das spüren?"

„Nein, ich spüre nichts, gib dir keine Mühe ich weiß, was das bedeutet. Ich wusste immer, dass ich nicht im Bett sterben würde, es ist mir lieber so."

Er grinst, sein Kopf fällt zur Seite und dann ist er tot. Ringo steht auf, er nimmt das Gewehr des Begleitmannes und erschießt die verletzten Pferde. Es ist nur noch ein Pferd da, das unverletzt ist. Ringo befreit das Pferd und führt es zur Kutsche.

„Kate, du kannst rauskommen!" Er reißt die Tür der Kutsche nach oben auf. Kate taucht aus der Kutsche auf. Er hilft ihr aus der Kutsche. Dann sagt er: „Warte einen Moment, ich muss nochmal in die Kutsche. Er steigt in die Kutsche und holt die Tasche mit dem Geld heraus und springt herunter.

„Bist du Okay, Kate?"

„Oh, Ringo, du hast uns gerettet. Was hätte ich ohne dich gemacht, ich wäre nun tot. Es ist so entsetzlich."

Sie klammert sich an ihn. Er beruhigt: „Komm, setz dich erst einmal".

Er hilft ihr, dann geht er zur Kutsche und holt eine andere Tasche, die einem der anderen Passagiere gehört. Er bindet sie mit einem Stück Leder, das er von den Zügeln abschneidet, zusammen. Er hängt sie dem Pferd über den Hals und fragt: „Wo hast du deinen Revolver?" Sie antwortet: „Der, ich weiß nicht, der… ich glaube der liegt noch in der Kutsche."

Ringo schwingt sich auf das Pferd.

„Warum fragst du, was machst du da. Ich verstehe nicht..."

„Darling, ich kann dich nun nicht mehr gebrauchen", sagt er zu ihr herab: „Es sind bis Wellington ca. zehn Meilen. Die kannst du in etwa drei bis vier Stunden schaffen. Mach's gut. Sei froh, dass du noch lebst, ich glaube wir sind quitt!"

Dann tritt er dem Pferd mit den Hacken in die Seite und reitet los.

Inzwischen ist es dunkel geworden, der Mond strahlt schon hell. Im nächsten Augenblick ist Stuart aus dem fahlen Mondlicht verschwunden.

Kate sitzt noch vor der Kutsche, sie kann nichts sagen, nicht schreien. Sie fühlt sich wie tot, sie spürt nichts, sie guckt nur nach vorne. Die Zeit bleibt stehen. Alles läuft wie Bilder vor ihren Augen ab, aber sie hat damit nichts zu tun. Ein Reiter kommt langsam auf die Kutsche zu. Es ist White Bear. Er bleibt neben Kate stehen. Sie sieht ihn nicht.

„Meine Krieger trinken verrücktes Wasser, aber weiße Frauen sind ohne dieses Wasser verrückt, hugh", kommentiert er.

Er steigt ab und geht zu Kate Jenkings, er zieht sie hoch und sie lässt alles willig geschehen, dann setzt er sie auf sein Pferd, springt von hinten auf und reitet mit ihr zurück.

An die Hintertür von Carol Winter wird geklopft. Es ist schon sehr spät, sie fragt sich wer das wohl sein kann. Sie geht nach hinten zur Tür. Es steht ein Indianer in ihrem Garten, das Pferd frisst an ihrem Gemüse. Sie steht in der geöffneten Tür. Bevor sie fragen kann berichtet der Krieger: „White Bear schickt dir Grüße. Goldfarbene Frau ist bei White Bear. Sie soll abgeholt werden."

Er gibt Carol Winter ein Taschentuch mit dem Monogramm K J. Dann schwingt sich der Krieger auf sein

Pferd und reitet durch das Gemüse davon. Sie sieht auf das Taschentuch. K J.

„Das kann nur von Kate Jenkings sein", murmelt sie und schließt die Tür. An der Garderobe setzt sie ihren Hut auf, verlässt ihr Haus und geht ins Sheriffbüro. Kating und Ben kommen ihr entgegen, denn sie wollen gerade ihre Runde machen.

„Ben, Sheriff, ich wollte gerade zu euch. Kate muss bei White Bear sein", sprudelt es aus ihr heraus. Sie berichtet was sich gerade zugetragen hat und gibt dem Sheriff das Taschentuch.

„Ben", beruhigt der Sheriff: „Bring Miss Winter nach Hause. Blood und Bones sollen die Runde machen und sag ihnen sie sollen nicht wieder das ganze Gefängnis voll stecken, ich gehe die Pferde holen. Wir treffen uns am Büro."

Er geht zum Mietstall und ruft Shorty. Dieser schlurft aus seiner Schlafkammer.

„Was gibt es Sheriff?" quiekt er.

„Wir brauchen sofort den Einspänner und mein Pferd. Mach du den Einspänner fertig, ich sattle mein Pferd!"

„Da haben wir es doch wieder, keiner sagt mir was, warum sagt mir keiner was. Mitten in der Nacht, ja ja mit mir kann man das ja machen. Shorty mache mal dies, Shorty mache mal das…."

Er humpelt in den Stall und spannt das Pferd vor den Wagen. Kating hat inzwischen sein Pferd gesattelt und bindet es hinten an den Wagen.

„Aber passt auf, dass sie euch nicht wieder ein Pferd erschießen."

Aber der Sheriff ist schon angefahren. Einen kurzen Moment später ist er beim Büro.

„Los komm rein, wir fahren los."

Ben springt in den Einspänner und der Sheriff schnalzt mit der Zunge. Das Pferd zieht an. Ben berichtet: „Blood und Bones freuen sich, sie werden sich jeden Saloon und Ausschank, jeden Bratstand ansehen. Für die ist das ein Spaß. Ich hoffe sie treiben es nicht zu hart."

„Da werden sich die Jungs heute Nacht halt vorsehen müssen."

Kating lenkt nach Osten aus der Stadt in ein hügeliges Waldgebiet.

„Wo hat White Bear jetzt seine Tipis?", fragt Ben.

„Wahrscheinlich in der Nähe der Quelle der *Gelben Schlange* auf Salt Fork Ranch-Gebiet. Der Bach mündet in den Salt-Fork-Red-River. Wir werden ihn da in der Nähe finden."

Nach etwa fünf Meilen Fahrt, reitet neben ihnen ein Indianer. Er tippt mit seinen Fingerspitzen der rechten Hand gegen die Handfläche der linken Hand. Kating weiß, er soll ihm folgen. Nun wird der Krieger schneller und reitet voraus. Inzwischen ist der Mond weiter aufgestiegen und es ist hell, die Bäume werfen Schatten und der Weg ist gut zu erkennen. Es geht aber nicht zur Quelle der *Gelben Schlange*.

Sie setzen ihre Fahrt weiter fort in den Wald, einen Hügel hinauf und vor ihnen weitet sich ein großes Tal. Man sieht unten die Feuer und im Feuerschein Tipis stehen. Mit dem Einspänner ist das eine ziemlich riskante Fahrt, aber der Indianerkrieger nimmt keine Rücksicht, sie müssen ihm folgen.

Doch jetzt, wo sie die Feuer sehen, können sie etwas vorsichtiger fahren. Der Führer ist verschwunden. Sie erreichen das Indianerdorf. White Bear und seine Söhne White Fox, White Snake und White Cloud sitzen am Feuer.

Kating zügelt das Pferd, zieht die Bremse an und steigt mit Ben vom Wagen. Sie gehen langsam auf das Feuer zu. White Bear hebt die Hand und grüßt mit:„Yattee, ich grüße dich

Rättel. Setz dich an mein Feuer. Ich hoffe du hast einen großen Krieger an deiner Seite, der unserer Runde Ehre macht."

Kating antwortet: „Dies an meiner Seite ist Feuerfaust, auch er ist ein großer Krieger und mein Blutsbruder. Er ist eine Ehre für dein Feuer, aber er spricht deine Sprache nicht." Er macht das Handzeichen für Freundschaft und spricht weiter: „Es ist eine Ehre für uns an deinem Feuer zu sitzen und zu palavern!"

Er setzt sich gegenüber von White Bear auf den Boden und bedeutet auch Ben sich zu setzen. Nach einer Weile des Schweigens entgegnet White Bear: „Da du meinem Ruf gefolgt bist, gebe ich dir die weiße Frau mit dem Goldhaar mit. Sie ist krank im Kopf. Gib sie einer anderen Frau, damit sie wieder gesund wird. Meine Söhne wollen keine Frau die krank im Kopf ist. Die Frau meines Sohnes White Snake wird sie dir in den Wagen setzen."

Er klatscht in die Hände und ruft einige Befehle. Aus einem Tipi kommt die Frau von White Snake und führt Kate Jenkings zum Wagen.

White Bear erhebt sich und geht in sein Zelt. Kating macht das Zeichen des Grußes und erhebt sich auch zusammen mit Ben. Ben steigt in den Wagen. Kating bindet sein Pferd vom Wagen los und steigt auf.

„Ich reite voraus, du kannst mir folgen. Pass auf, dass sie nicht vom Wagen fällt, sie scheint wirklich in einem nicht normalen Zustand zu sein."

Er reitet los und weiß, er darf sich jetzt auf keinen Fall verirren, sie werden von den Indianern beobachtet und auch beschützt, obwohl sie sie nicht sehen werden. Und wenn er sich verfährt ist sein guter Ruf bei den Indianern beim Teufel.

Er lässt seinem Tier ein wenig die Zügel locker und weiß, dass sein Pferd immer den Weg nach Hause findet. Der

Einspänner folgt ihm in kleinem Abstand. Sie finden den Weg ohne Probleme zurück, er hatte sich die Sterne gemerkt, und sieht sich immer wieder um, um die Gegenrichtung einzuhalten, aber dann findet er wieder Geländemarken, die ihm vertraut sind und zwei Stunden später sind sie am Haus von Carol Winter.

Vorsichtig klopfen sie an die Tür. Es dauert einen Moment, dann kommt die leise Frage:„Wer ist da?"

Ben antwortet: „Carol ich bin es, Ben."

Leise wird die Tür einen Spalt geöffnet und ein Auge und eine Nase sind zu sehen. Dann geht die Tür ganz auf. Kommt rein. Die beiden Männer führen Kate vorsichtig hinein. Carol macht hinter ihnen die Tür zu. Sie geht mit der Kerze in der Hand in die Stube und zündet die Lampe an. Es wird hell. Jetzt erst sieht sie Kate Jenkings. Carol runzelt die Stirn: „Warum bringst du sie mit *hierher*?" Carol setzt sich und Kating setzt sich daneben. Er guckt Ben an und sagt: „Erkläre es ihr."

Ben erzählt kurz wie sie Kate von White Bear geholt haben und sie irgendwie nicht ansprechbar ist. Leise fragt er: „Wir bitten dich, dich um sie zu kümmern, bis sie wieder bei sich ist. Wir wissen nicht was geschehen ist, von White Bear haben wir nichts erfahren."

Carol steht auf und nimmt Kate in den Arm und streichelt sie. Plötzlich sieht sie, wie Tränen aus den Augen von Kate schießen und dann fängt sie jämmerlich an zu weinen. Carol behält sie weiter im Arm und setzt sich mit ihr auf ein Sofa. Nach einer Weile, nimmt Kate den Kopf hoch und fragt: „Wo bin ich eigentlich?" Carol antwortet: „Du bist zu Hause bei Nachbarn."

Nun guckt Kate im Raum herum: „Wie komme ich hier her?" Carol informiert: „Wir habe dich gefunden. Was ist passiert?" Dann bricht es Kate heraus: „Dieser Hund, dieser hinterhältige Hund. Der Hurensohn hat mich bestohlen und in der zerstörten Kutsche sitzen lassen. Mein ganzes Geld, er hat mein ganzes Geld. Was soll ich machen? Ich bin völlig ruiniert!"

Sie wird immer leiser bis sie stammelt.

Kating ergreift das Wort.

„Fühlen Sie sich in der Lage uns genau zu erzählen was passiert ist?"

„Natürlich", und leiser Trotz kommt wieder durch.

Kating ist zufrieden, er ist davon überzeugt, dass diese Frau es schaffen wird und weiterleben will. Trotz ist jetzt das Beste. Das bedeutet, sie wird ihm wirklich alles erzählen. Genau das tut sie nach einem Moment. Am Ende ihres Berichtes fällt ihr ein, dass ihre Waffe und ihr Gepäck noch in der Kutsche sind. Sie erzählt ihm von der Gravur auf der Trommel.

„Okay gut", sagt Kating und knirscht: „Er hat einen gravierenden Fehler gemacht. Er hat in Texas eine Frau verdammt schlecht behandelt. Das ist das Schlimmste was er tun konnte. Wir werden uns ihn holen. Ich werde Wells Fargo, das Postoffice benachrichtigen. Die werden sich um Ihre Sachen kümmern. Miss Jenkings, wir werden Sie Morgen im Hotel unterbringen. Schlafen Sie sich hier erst einmal aus. Carol hat sicher nichts dagegen. Und Ringo Stuard werden wir uns kaufen."

Kate guckt ihn groß an: „Glauben sie wirklich, dass *Sie* ihm gewachsen sind. Sie sind doch auch nicht mehr der Jüngste."

Kating blickt sie ernst an und sagt mit glasharter Stimme: „Miss Jenkins, wenn ich es Ihnen sage, dann wird es so geschehen. Mir ist in meinem ganzen Leben noch keiner entkommen."

Dann sieht er Ben an und macht klar: „Siehst du, *nun* ist unser Handeln erforderlich. Es gibt was zu tun".

Sie verlassen das Haus und Kating meint grübelnd zu Ben: „Er hat jetzt 8 Stunden Vorsprung auf einem ungesattelten Pferd, das wird auffallen. Wir bekommen ihn. Wenn ich nur wüsste, ob dieser Stuard eventuell die Explosion verursacht hat, um Kate um das Erbe zu erleichtern. Er ließ den Vater töten um sie in seine Arme zu treiben. Aber es gibt noch keinen Beweis, aber eines weiß ich, wenn ich ihn frage, wird er mir die Wahrheit sagen, so wahr ich Moses heiße", knurrt er, und fügt noch hinzu: „Ben ich gehe jetzt zum Postmeister Scott Conery und klopfe ihn aus dem Bett, eventuell ist der Inhalt der Postsäcke in der Postkutsche noch zu retten. Inzwischen haben die Wölfe, die toten Pferde gefunden und fressen an ihnen. Ich hoffe nur, dass nicht noch mehr Indianerhorden unterwegs sind. Geh' zu Shorty und hol dir ein Pferd, wenn er wieder lamentiert, dann sage ihm das Smooky tot ist, das wird ihn stumm werden lassen. Und sag ihm auch, er soll den Einspänner bei Carol abholen."

„Okay. Moses."

Ben dreht ab, der Sheriff geht weiter, bis zum östlichen Ende der Stadt. Er zieht seinen Revolver heraus und klopft an die Tür des Postmeisters.

„Scott mach auf, hier ist Sheriff Kating, mach auf!"

Er klopft weiter. Im nächsten Moment fliegt oben ein Fenster auf.

„Sheriff, was gibt es so spät in der Nacht?" „Mach auf Scott, oder willst du dass die ganze Stadt mithört?"

Einen Moment später hört er wie der Riegel von der Tür genommen wird.

„Komm rein, wenn es sich nicht vermeiden lässt!"

Kating tritt ein, folgt dem Postmeister. Dieser geht in die Stube, stellt die Lampe auf den Tisch und schaut Kating mürrisch an. Der Sheriff gibt kurz und knapp die Fakten weiter: „Etwa zehn Meilen von hier wurde die Kutsche zerstört. Fahr hin und rette was noch zu retten ist und informiere den Agenten von Wells Fargo. Wir machen uns auf den Weg und versuchen den Dieb zu fangen. Dabei kannst du uns helfen. Ich nehme an, er will noch hoch an den Mississippi. Dann weiter nach Norden. Schicke bitte ein Telegramm mit der Beschreibung die ich dir jetzt gebe nach Elk City, Clinton und Oklahoma City."

Kating diktiert ihm die Beschreibung, er fügt noch hinzu: „Wenn ihr irgendwie Unterstützung braucht, fragt Blood und Bones, die sind zwar ein wenig grob aber nicht dumm. Tut mir leid Scott, dass dein Schlaf nun vorbei ist. Bis dann".

Kating erhebt sich und verlässt das Haus.

Jake, der Junge, den der Scheriff beauftragte, hat sich inzwischen mehr mit Chet als mit Mike angefreundet. Man kennt sich zwar, das war bisher aber auch alles.

Jake weiß: Mike ist ein Angeber. Er gibt in der Freundschaft mit Chet den Ton an. Er bestimmt wo es lang geht und was gut und was richtig ist. Chet ist etwas introvertiert und würde gerne mithalten, kann es aber nicht.

Chet musste aber nach Hause und konnte nicht bleiben.

Jake steht noch mit Mike auf der Straße. Es ist später Abend, aber noch nicht Nacht. Jake hat im Hotel nachgefragt ob noch für ihn etwas zu tun sei, aber man hat ihm mitgeteilt er solle nach Hause gehen und morgen wiederkommen.

Die beiden unterhalten sie sich: „Also Mike, Chet hat mir gesagt, dass du hier den großen Auftrag bekommen hast und ihn willst du nicht dabei haben. Du sollst gesagt haben, der Auftrag ist von dem Gunman im Hotel, aber ich bin dauernd im Hotel, und der Gunman heißt Ringo Stuard und ist heute abgereist. Von ihm kannst du keine Aufträge bekommen, außerdem ist es mein Hotel, da würde ich gefragt werden. Also hast du angegeben und überhaupt gar keinen Auftrag. Gib es zu!"

„Jetzt hör *du* mir mal gut zu Schlaumann Jake. Wenn ich sage, dass ich einen Auftrag habe, dann habe ich einen. Der ist nur für clevere Jungs wie mich und nicht für solche Weichbubis wie dich. Meinst du wirklich, ich binde jedem auf die Nase von wem ich meine Aufträge bekomme, dann kann ich ja gleich einen anderen schicken. Ich bin doch nicht blöd, wie so manch anderer. Guck dir doch Chet an, der würde sich vor Angst in die Hose pinkeln. Das ist nur etwas für harte Jungs. Was machst du denn im Hotel, heh sag schon, was denn? Laufen, laufen, laufen. Ich mache Aufträge die sich lohnen. Sieh mich an, ich steh hier und habe schon was verdient, während ich hier stehe und du? Du stehst hier und verdienst nichts! Also verpiss dich und schick mir meinen Diener Chet her, wenn du ihn siehst."

Jake weiß nun, dass Mike nicht von Ringo Stuard beauftragt wurde. Er nimmt sich vor, den Sheriff morgen davon zu unterrichten. Er geht in Richtung Sheriffbüro und setzt sich gegenüber in den Schatten eines Hauses, und schaut auf das Sheriffbüro.

Gegenüber in der Seitenstraße vom Sheriffbüro sieht er Mike im Mondenschein an der Hauswand stehen. Was will der denn hier, fragt er sich im Stillen, dann sieht er wie Mike auf einmal ganz klein wird und unter das Sheriffbüro kriecht, das geht alles sehr schnell. Er sieht wie der Sheriff und Ben aus dem Büro kommen und will gerade losgehen, da kommt Carol Winter, die Schneiderin und geht auf die beiden zu.

Er sieht wie Ben und Miss Winter wieder zur Schneiderei gehen und der Sheriff scheint es sehr eilig zu haben zum

Mietstall zu kommen. Kating verschwindet darin. Er hört den alten Shorty meckern, kann aber nichts verstehen.

Jake bleibt sitzen und beobachtet weiter. Mike ist immer noch unter dem Haus. Dann sieht er Blood und Bones kommen, er weiß zwar, dass sie nicht so heißen, aber ihre wahren Namen kennt er nicht, denn alle nennen sie Blood und Bones. Sie gehen in das Sheriffbüro und nach einer Weile erscheinen sie beide mit einem Gewehr in der Hand wieder. Sie schließen das Büro und gehen die Straße hinunter. Er sieht eine Bewegung und Mike kommt wieder unter dem Haus hervor und verschwindet in der Dunkelheit.

Er muss nun nach Hause, aber er nimmt sich vor, dieses weiter zu beobachten. Was macht er denn unter dem Haus. Er kann es sich nicht erklären und davon.

Sheriff Kating kommt zurück zu seinem Pferd, das noch vor dem Haus von Carol Winter steht. Er nimmt die Zügel des Pferdes und führt seinen Schecken zum Sheriffbüro. Er lockert den Gurt des Sattels, lässt es ein wenig saufen, dann stellt er es an den Querholmen neben dem neuen Pferd von Ben und schlingt die Zügel darum. Leise spricht er mit dem Pferd: „Kollege, das ruhige Leben ist nun erst einmal vorbei, wir müssen auf die Jagd. Ruh' dich noch ein bisschen aus, das mache ich auch. In einer Stunde geht's los."

Sein Schecke spielt mit den Ohren, er schein Kating zu verstehen, dann schnaubt er leise. Der Sheriff geht die beiden Stufen hoch auf den Plankenweg und ins Büro. Ben ist bereits da. Kating schließt die Tür hinter sich ab, legt sich auf seine Pritsche und ordnet an: „In einer Stunde geht's los". Er schiebt sich den Hut ins Gesicht und ist auch schon eingeschlafen.

Nach gut einer Stunde wird er wach, setzt seinen Hut auf, steht auf, macht Licht. Er sieht auf seine Taschenuhr. Es ist jetzt vier Uhr in der Nacht: „Wo sind eigentlich die beiden Sharpgewehre geblieben."

„Der Totengräber hat sie gebracht, ich legte sie vorerst unter deine Pritsche. Sie waren nicht geladen."

„Weißt du auch wo der Ladungsbeutel…" Kating sieht unter sein Bett.

„Ah, ich sehe schon, alles beieinander."

Er zieht das Gewehr hervor, Ladungsbeutel und das kleine Ledersäckchen mit den Zündhütchen und der Kugelzange. Kating marschiert nach hinten in den Nebenraum und holt ein Scabbard.

„So wir können."

Kating hat nun rechts und links ein Scabbard. Rechts mit der Winchester und links mit der Sharp. Sie reiten aus der Stadt in Richtung Salt-Fork-Red-River auf der auch die Kutsche fährt. Sie bewegen sich langsam und stetig, beide haben ihre Pelzjacke an, denn es wird empfindlich kalt am Morgen. Der Mond steht kalt und hell am Himmel.

Bald sind sie am Salt-Fork-Red-River. Sie reiten einen ähnlichen Weg wie die Kutsche. Sie biegen etwas nach Osten ab und durchfurten dort den Fluss. Beide nehmen die Füße aus den Steigbügeln damit sie nicht nass werden.

Es ist jetzt Anfang Oktober. Kating informiert Ben über seine Annahme, dass Stuard zum Mississippi will: „Also nach Norden", sagt er, „am Mississippi, denkt er vielleicht, dass er untertauchen kann. Aber mit so viel Geld in der Tasche und mit seinem Ruf, denke ich, ist das fast unmöglich. Für mich ist er wie ein bunter Hund der sich verstecken will. In meiner Gunman Zeit ist mir das nicht gelungen, irgendwelche heißen Jungs die sich mit mir messen wollten, sind mir immer auf der Spur gewesen. Also wird es für ihn auch sehr schwierig, ich denke unmöglich. Es sei denn er wechselt ganz das Metier.

Wenn er Schiffseigner wird und nur auf seinem Schiff bleibt, dann hat er eventuell eine Chance. Dann ist er Hausherr und der Liebe Gott auf dem Boot und kann alle Probleme von seinen Leuten ins Wasser werfen lassen. Wir sollten ihn möglichst vorher bekommen. Denn sonst wird es für uns fast unmöglich.

Natürlich kann er Rancher werden, aber das kann ich mir beim besten Willen nicht vorstellen, natürlich kann er sich einen Vormann nehmen und er ist auch in der Lage sich die richtigen Leute zu suchen, aber der braucht die große Welt, der kann nicht irgendwo in den Weiten des Landes leben, der nicht.

Wir werden also als erstes zur nächsten Pferdewechselstation der Postkutsche reiten, wahrscheinlich ist er dort hin um einen Sattel oder sogar ein frisches Pferd mit Sattel zu bekommen. Wir werden es in so ziemlich einer Stunde wissen, wenn wir dort sind, und erfahren auch nach was wir fragen müssen. Wenn er sich dort ausgerüstet hat, dann reiten wir über Cordell nach Oklahoma City, da schneiden wir eine ganze Ecke ab, aber wir müssen vorher über ein ziemlich wildes Biest von Fluss den Canadien River. Aber auch das sollte uns nicht schrecken."

„Nun gut Moses, das ist sehr plausibel, ich habe ähnlich gedacht. Aber was ist wenn er sich nach Mexiko absetzt und wir suchen im Norden. In Mexiko gibt es auch große Städte und die große Welt, was dann? Was noch dazu kommt ist: Mexiko ist näher, viel näher!"

„Da hast du natürlich Recht Ben, ich habe auch *einen* Moment mit dem Gedanken gespielt, aber dann erinnerte ich mich daran, das Stuard aus dem Norden kommt, aus Iowa. Ich müsste mich schon sehr irren, aber ich bin sicher er spricht kein Wort Spanisch. Außerdem gehen viele Menschen immer wieder die Wege die sie kennen. Ich habe die meisten Menschen zur Strecke gebracht, weil sie immer wieder die gleichen alten Freunde, die gleichen alten Verstecke, die gleichen alten Saloons und Bordells und alles was sie sonst noch von früher kennen, benutzen. Meistens war es leichter als alle anderen gedacht haben.

Was noch dazu kommt, wir werden immer wieder Hinweise finden oder bekommen. Auch Geld löst immer wieder ein Sturm von Informationen aus. Manchmal reicht schon eine Flasche Whiskey."

Kating schweigt und hängt seinen Gedanken nach. Ben nimmt den Faden wieder auf:

„Was willst du eigentlich mit der Sharp, warum hast du sie mitgenommen? Meinst du wirklich, dass wir sie brauchen, Moses?"

„Ja, das ist eine gute Frage und ich habe sie von dir erwartet, Ben!" Kating massiert sich sein Kinn, die Bartstoppeln machen ein Geräusch.

„Ehrlich gesagt, bin ich mir nicht sicher, aber stell dir vor wir hätten ihn gestellt, aber er hat das frischere Pferd und wir sind nicht in der Lage ihn einzuholen, bevor ich ihn dann wieder laufen lasse, schieße ich ihn vom Pferd. Ich gebe zu, das wäre eine sehr schlechte Lösung, denn ich habe noch ein paar wichtige Fragen an ihn, die er mir beantworten muss."

„Du bist ein harter Hund, nicht Moses. In Wellington bist du der gute Sheriff, der allen hilft. Du bist der gute Papa des Dorfes und alle sollen dich mögen, aber wenn du erst Blut geleckt hast, dann kennst du keine Gnade mehr. Weißt du, manchmal erschrickst du mich. Würdest du den Mann tatsächlich von hinten vom Pferd schießen? Moses würdest du das wirklich tun?"

„Sieh mal Ben, hier geht es ja nicht nur darum, dass der Mann das Geld gestohlen hat. Hiervon hängt ja die Existenz einer jungen Frau ab. Lass sie sein wie sie will, sie hat bestimmt auch schon ihre Erfahrungen gemacht. Sie hat ihre Mutter sehr früh verloren, der Vater schickt sie so weit weg in eine höhere Töchterschule, dass es für sie fast unmöglich ist wieder zurückzukommen.

Sie muss sich seit dem 15. Lebensjahr durchbeißen. Okay, okay, ich weiß schon was du sagen willst, das mussten wir alle, aber wir sind Männer und haben schon unseren Platz gefunden.

Das andere ist, dass er höchst verdächtig ist den alten Jenkings umgebracht zu haben. Auch das ist für mich ein Grund ihn nicht entkommen zu lassen. Als Sheriff bist du auch manchmal Menschenjäger, natürlich versuchen wir nach dem Gesetz zu handeln und Menschen lebend vor einen Richter zu bringen, aber bevor ich einen verliere, erschieße ich ihn. Basta!"

Er schweigt, Ben lässt sich das gehörte durch den Kopf gehen und denkt okay, noch ist er der Sheriff und handelt wie er es für richtig hält, wenn ich Sheriff bin muss ich mich irgendwann auch entscheiden, was ich tun werde.

Nach einer Weile nimmt Kating ihr Thema wieder auf: „Wenn wir in Cordell sind, werden wir ein Telegramm nach Hause schicken und anfragen ob inzwischen Nachrichten aus Clinton, Elk City und Oklahoma City eingegangen sind. In diesen Städten werden auf jeden Fall die Kutschen überwacht. So haben wir noch ein Eisen im Feuer. In Oklahoma City gibt es die Eisenbahn, die werden sie wohl nicht überwachen können."

Wieder versinkt er in Schweigen. Er greift zu seiner Uhr.

„Es ist gleich acht Uhr. Es wird langsam hell und wir müssten bald an der Poststation sein. Da vorne sieht man ein Licht, das müsste sie sein."

Die Pferde laufen im leichten Trab, Kating treibt sein Pferd etwas an.

„Gleich bekommen wir heißen Kaffee und ein gutes Frühstück."

Das Licht kommt näher und die beiden Reiter sehen schon die Umrisse der Gebäude. Es sind zwei Gebäude, eines wahrscheinlich für die Menschen. Eines für die Pferde. Auch Korrals sind zu sehen, aber ohne Reittiere.

„Siehst du Pferde, Moses?"

„Nein, sie werden in der Stallung sein, denke ich."

Das letzte Stück des Weges reiten sie wieder langsam um die Pferde zu schonen, sie wollen nicht, dass die Pferde so nass sind und dann in der Kälte stehen. Sie reiten an einem Brunnen vorbei, an das Haus heran, sitzen ab und binden ihre Tiere an den Querbalken an.

„Hohoo ist jemand da. Hohoo jemand zu Hause?"

Sie öffnen die Tür zur Gaststube. Niemand zu sehen. Kating geht hinter den Tresen durch einen Türbogen.

„Ben, komm her. Es ist jemand zu Hause."

Auf den Stühlen sitzen die Wirtsleute gefesselt. Kating nimmt sein Messer und schneidet die Fesseln des Wirtes durch, nimmt ihm das Tuch vom Mund. Der Wirt spukt den Knebel aus. Mit einer Geste gibt Kating Ben zu verstehen, dass er die Frau entfesseln soll. Er stellt sich vor: „Ich bin Moses Kating, der Sheriff aus Wellington. Was ist hier passiert?"

Der Wirt massiert sich die Handgelenke, Kating schneidet die Fußfesseln durch.

„Danke, dass Sie uns losmachen, kommen Sie beide mit, ich will Ihnen was zeigen!"

Er geht hinter die Theke und winkt sie außen um die Theke herum, dann ergreift er sein Schrotgewehr. Es ist abgesägt, wie es die Wirte haben und sehr gefährlich. Der Wirt richtet es auf Ben und den Sheriff.

„So, meine Herren, wenn Sie glauben, dass wir nochmals auf Sie reinfallen, dann haben Sie sich geschnitten. Mary, nimm ihnen die Waffen ab. Aber geh' hinter ihnen herum, dass du mir nicht in die Schusslinie läufst. Aber warte bis sie die Gürtel fallen gelassen haben. Also fallen lassen, aber plötzlich."

Kating und Ben lassen fallen, sie wollen erst einmal die Situation entschärfen, dann kann man reden.

Ben sagt vorsichtig: „Sie wissen schon was sie tun, sie bedrohen den Sheriff und seinen Deputy."

„Maul halten, uns legen Sie nicht mehr rein. Hätten Sie sich nicht als Sheriff ausgegeben, wäre ich ihnen sogar dankbar gewesen, aber Sie haben sich selber als die Kumpane des Schießers ausgewiesen. Ich habe nämlich seine Botschaft gelesen, in der stand, dass er vorreiten soll und Sie kommen nach und geben sich als Sheriff aus. Sie tricksen mich nicht aus. Sie beide werden ins Gefängnis kommen. Dafür werde ich sorgen. Wir haben nämlich hier auch schon einen Telegraphen, allerdings ist er hinten im Haus, so dass man die Drahtmasten vor dem Haus nicht sehen kann.

Ja, das hätten Sie nicht geglaubt. Mary, gebe mir die Waffen, wir werden die Herren sicher unterbringen."

Seine Frau zieht vorsichtig mit dem Besenstiel die Waffengurte zu sich heran, dann hebt sie sie auf und legt sie auf die Theke. Der Wirt redet weiter: „Etwas Blöderes hätten Sie sich auch nicht einfallen lassen können. Man, Sie sind viel zu alt um noch Sheriff sein zu können."

Er nimmt den Revolver des Sheriffs in die Hand und sagt: „Los vorwärts, raus aus der Tür, nach draußen."

„Moment", mischt sich Kating ein.

„Wo wollen Sie hin telegrafieren? Welchen Ort wollen sie anwählen?"

„Was interessiert es Sie, wohin ich telegrafiere, das ist meine Sache und geht Sie, Mister, überhaupt nichts an. Los vorwärts, junger Mann, Sie zuerst, dann der Alte. Los umdrehen."

Ben und Kating drehen sich um, der Wirt drückt Kating die Waffe in den Rücken.

„Marsch raus hier…."

Kating hat nur darauf gewartet, dass er die Waffe spürt. Blitzartig dreht er sich links herum, schlägt mit dem linken Arm die Waffe zur Seite, der Schuss löst sich und fährt in den Fußboden, gleichzeitig bekommt der Wirt mit der rechten Handkante ein Schlag gegen den Hals.

Dann zieht er das Knie hoch und trifft den Wirt in den Magen. Der lässt die Waffe fallen und fällt zur Seite. Kating hebt seine Waffe auf und springt einen Schritt zurück, seine Augen suchen die Wirtin, die kommt mit dem Besen auf ihn zu und beginnt damit auf ihn einzuschlagen. Ben ist inzwischen zu ihr getreten und windet ihr den Besen aus der Hand.

„So, nun mal ganz ruhig. Beruhigen Sie sich liebe Frau."

Aber diese tritt mit ihren Füßen und Ben hält sie nun von hinten fest. Sie strampelt immer weiter.

„Halt sie fest, Ben. Ich muss mich um den Wirt kümmern, leider musste ich ihn etwas hart anfassen. Aber er wollte ja nicht hören".

Er wendet sich dem Wirt zu und schlägt ihm leicht ins Gesicht.

„Der kommt gleich wieder zu sich, wollen sie ihrem Mann nicht helfen, anstatt sich hier wie eine Furie zu benehmen."

Ben lässt sie los, sie geht zur Theke holt einen Lappen und macht ihn nass und geht zu ihrem Mann, der immer noch auf dem Boden liegt. Kating sieht Ben an und weist mit dem Kinn zu den Waffen.

Ben nimmt seinen Gürtel und bindet ihn wieder um. Ebenfalls nimmt er den von Kating und bringt ihm seinen Gürtel. Kating hat immer noch die Waffe in der Hand. Er gibt Ben die Waffe und nimmt ihm gleichzeitig den Gürtel aus der Hand. Dann übernimmt er wieder seine Waffe aus der Hand von Ben und behält sie in der Hand. Der Wirt kommt langsam zu sich und setzt sich auf. Seine Frau hilft ihm hoch. Er stöhnt und setzt er sich auf einen Stuhl. Er guckt die beiden hasserfüllt an und knurrt: „Das wird ihnen auch nicht helfen. Solches Pack wie sie wird irgendwann am Strick enden."

„Sagen Sie uns ihren Namen, na los, Sie können doch sonst so prächtig reden!" Ben grinst auffordernd.

„Ach was soll's, ich bin John Baker und das ist meine Frau Mary. Zufrieden?"

„Das war gut für den Anfang und nun führen sie uns zu ihrem Telegrafen, der dürfte ja wohl nicht draußen sein, sondern in den hinteren Räumen. Gehen Sie vor, Sie, liebe Frau kommen auch mit."

Kating macht eine leichte Verbeugung in Richtung Wirtsfrau. Beide stehen nun auf und gehen in die hinteren Räume. Tatsächlich steht am Fenster ganz hinten im Zimmer ein Telegraf.

„Hinsetzen", befiehlt Kating.

„Jetzt telegrafieren sie Wellington an und zwar den Postmeister. Können sie das?"

„Das ist kein Problem."

„Gut, fragen Sie den Postmeister wo der Sheriff und sein Deputy sind. Na los, machen sie schon."

Der Wirt fängt an die Telegrafentaste zu bedienen. Es tuckert ziemlich lange. Dann ist der Wirt fertig.

„Wann können wir Antwort erwarten?" fragt Kating.

„Überhaupt nicht", sagt der Wirt. Ich habe nach Clinton telegrafiert, dass ich überfallen worden bin, und immer noch Banditen hier sind. Ja, nun gucken Sie blöd. Ich sagte Ihnen ja, mit Ihnen wird es kein gutes Ende nehmen. Ha!"

„Wissen sie eigentlich was sie da tun", fragt Kating in ruhigem Ton.

„Sie behindern die Amtshandlung eines Sheriffs. Sie hätten mich fragen können ob ich mich ausweisen kann, oder mich nach meinem Stern fragen können. Sie hätten in Wellington so wie ich es Ihnen sagte anfragen können wo der Sheriff ist, dann hätte man ihnen gesagt, dass er einen Dieb verfolgt und zur Poststation zwischen Wellington und Clinton mit seinem Deputy unterwegs ist. Man hätte Ihnen weiter mitgeteilt, dass der Sheriff Kating heißt und der Deputy Adams. Das hätten Sie alles tun können. Aber Sie mussten ja hier den Aufmüpfigen spielen. Ich verstehe Sie gut, dass Sie misstrauisch sind, aber irgendwann muss doch auch bei Ihnen mal der Verstand einsetzen.

So, nachdem sie das alles gehört haben, sage ich Ihnen noch etwas. In Clinton weiß man bereits dass ein Dieb unterwegs ist. Sie haben Ihnen nichts Neues erzählt. Aber uns können Sie jetzt etwas neues erzählen!"

Kating zieht sich die Pelzjacke aus, es wird ihm warm hier in der Hütte der Poststation. Dann spricht er weiter: „Der Gunman, der hier mit einem Pferd ankam. Sie haben sicher gesehen, dass das Pferd von einer Kutsche stammte, was ist mit ihm passiert? Hat der Mann von Ihnen ein Pferd und einen Sattel bekommen? Was können Sie mir noch sagen, was hilfreich ist um ihn zu fangen?"

Kating greift nun in seine Westentasche und holt seinen Sheriffstern heraus.

„Hier ist mein Sheriffstern. Wenn Sie mir immer noch nicht glauben. Hier fassen Sie ihn an, damit Sie es begreifen können."

Er steckt dem Wirt den Stern in die Hand. Auf dem Stern steht oben eingehämmert: Sheriff, und unten eingehämmert: Wellington. In dem Moment fängt der Telegraf an zu hämmern. Der Wirt horcht auf das Tuckern. Ein Papierstreifen kommt aus dem Telegrafen.

„Seien sie unbesorgt. Hilfe ist unterwegs. Zu Ihnen kommt der Sheriff mit seinem Deputy aus Wellington. Poststation Clinton, Fischer."

Der Wirt hat mitgesprochen. Jetzt bekommt er große Augen, denn nun begreift er was das heißt. Seine Ohren werden rot.

„Teufel auch, wie man sich irren kann. Verdammt. Das gibt es doch gar nicht."

Er gibt Kating den Stern zurück. Ben lächelt schmal: „Der Gunman hat Sie reingelegt, es ist ihm wunderbar gelungen, beinahe hätten Sie uns lahmgelegt. Nun wissen Sie Bescheid. Also sagen Sie uns was wir wissen wollen."

„Wir haben hier einen Store, manche Cowboys kommen zu uns und kaufen sich mal ein Hemd oder auch etwas anderes zum anziehen. Wir sind gut sortiert.

Der Gunman wollte neue Kleidung. Er hat sich einen neuen karierten Anzug und eine Melone gekauft, Hemd und neue Schuhe. Er hatte Geld und hat alles bezahlt. Sogar seinen Hut mit dem Silberreif hat er hier gelassen. Dann wollte er ein Pferd und Sattelzeug. Eine Decke und einen Pelzmantel. Auch ein Scabbard und einen Henrystutzen mit Patronen hat er mitgenommen. Er hat alles bezahlt.

Wie er bezahlte, sah ich den Zettel in seiner Brieftasche, als er nach Kleingeld in seiner Hosentasche suchte, auf diesem Stand, dass Sie als Sheriff nachkommen würden. Erst als wir rausgingen um die Pferde zu tauschen und ich mir das Pferd von ihm näher ansah erkannte ich es und sprach ihn darauf an. Dann sperrte er uns hier gefesselt ein.

Daraufhin dachte ich, Sie sind seine Komplizen. Mehr weiß ich auch nicht. Kommt denn noch eine Kutsche, wissen sie das?"

„Es wird vorerst keine Kutsche kommen. Die Kutsche ist fast zerstört. Es wird lange dauern sie zu reparieren. Wie wäre es, wenn Sie uns jetzt etwas Heißes zu trinken gäben mit einem kräftigen Frühstück und Proviant. Herr Wirt, Frau Wirtin?"

Kating und Ben setzten sich an den Tisch. Die Wirtin kommt mit heißem Kaffee.

„Wie hätten es die Herren Sheriffs gerne, heute Morgen schon Bohnen mit Speck oder Brot mit Käse und Wurst?"

„Bohnen mit Speck?" Kating sieht fragend zu Ben. Dieser nickt.

„Bohnen mit Speck, Frau Wirtin." Der Wirt steht hinter der Theke und legt sein Schrotgewehr wieder darunter.

Kating wendet sich an den Wirt: „Ich habe noch ein paar Fragen. Was war das für ein Pelzmantel, welche Farbe, schwarz oder dunkelbraun, oder hellbraun, war der Pelz innen oder außen. Wie sahen die Schuhe aus. Welche Farbe, braun oder schwarz. Stiefel oder Cowboystiefel. Welche Farbe hatte der Hut, braun oder schwarz. Welche Farbe hat das Pferd. Wie sah der Sattel aus. Mit anderen Worten ich will jedes Kleidungsstück genau beschrieben haben."

Kating schweigt, dann fragt er: „Haben sie eigentlich keinen Stallknecht für die Pferde?"

„Ach, du mein Gott, da habe ich ja noch gar nicht nachgesehen. Einen Moment."

Der Wirt läuft aus dem Haus. Nach kurzer Zeit kommt er wieder.

„Er war auch gefesselt, im Stall bei den Pferden. Ich musste das Schloss aufbrechen. Der Dieb hatte abgeschlossen und den Schlüssel wohl weggeworfen, denn er war nicht mehr im Schloss."

„Es kommt ja in den nächsten Tagen oder sogar Wochen keine Kutsche. Wir brauchen andere Pferde. Sagen sie ihrem Stallknecht, er soll unsere Pferde absatteln und alles auf zwei andere Pferde tun. Ich hole meinen Appaloosa auf jeden Fall wieder ab, also nicht verkaufen, nicht vermieten. Sagen Sie mir was es kostet, ich zahle es."

„Es wird mir eine Ehre sein, Ihnen andere Pferde zu geben und ihren Appaloosa werde ich hüten wie meinen Augapfel. Ehrenwort. Ich werde das sofort veranlassen."

Ein weiteres Mal verlässt der Wirt das Haus. Inzwischen hat die Wirtin Bohnen mit Speck gebracht.

„Noch einen Kaffee?" Wie aus einem Mund sagen beide: „Aber ja!"

Kurz darauf kommt der Wirt wieder in die Wirtsstube: „Ich habe alles veranlasst. In ca. fünfzehn Minuten ist alles okay. Wenn Sie aufgegessen haben, können wir in den Store gehen, dort zeige ich Ihnen alle Sachen, die der Gunman gekauft hat. Auf diese Weise sehen Sie selber wie alles aussieht. Gut so?"

„Sehr gut", antwortet Kating mit vollem Mund. Ben nickt, auch er hat den Mund voll. Die Wirtin kommt mit dem Proviant und stellt ihn auf den Tisch.

„Ich habe außerdem noch Kekse dazu getan! Es ist alles da, auch Streichhölzer, trockenes Moos. Die Streichhölzer und das Moos sind jeweils in einer Blechdose damit sie nicht nass werden können."

Kating nickt: „Sehr gut, wenn Sie haben, dann bitte für jedes Pferd so einen Proviantsack."

Sie stehen auf und folgen dem Wirt. Er geht vor ihnen weg in die andere Ecke des großen Raumes, macht eine Tür auf und lässt den Sheriff und Deputy eintreten.

Auch hier ist eine Theke. Der Wirt umrundet die Theke und verschwindet hinter Regalen mit Waren. Nach einem Moment erscheint er wieder mit einem kariertem Anzug, einer Melone, einem Pelzmantel und erklärt: „Tut mir leid, nur mit den Schuhen kann ich nicht dienen. Es waren mit Pelz gefütterte punzierte Cowboystiefel aus Mexiko. Sie gefielen ihm und sie passten. Sie waren in Lederfarbe."

„Was, punzierte Cowboystiefel? Ben was habe ich dir gesagt. Sie fallen immer zurück in ihre Angewohnheiten. Er kauft nur das Beste, aber in unserem Fall ist es das Beste für uns. Welcher Geschäftsmann mit einem karierten Anzug und Melone trägt denn punzierte Cowboystiefel?"

Kating schüttelt den Kopf.

„Jetzt suchen wir einen bunten Hund, wie ich bereits sagte. Danke, dass Sie uns das gezeigt haben, der Pelzmantel ist wie tausende mit dem Fell innen. Aber die Schuhe. Herr Wirt, bitte gehen sie an ihren Fernschreiber und geben sie an Wellington, an Elk City, an Clinton und an Oklahoma City, die Beschreibung durch.

Wir suchen nun nicht mehr einen schwarzen Mann, sondern einen Mann im Pelzmantel und Melone. Mit dem Durchgeben werden sie uns wirklich sehr helfen."

Zu Ben gewandt: „Wollen wir?" Zum Wirt gewandt: „Sind wohl unsere Pferde fertig? Und was sind wir für den doppelten Proviant und das Essen schuldig?"

Ben nickt, der Wirt fängt an zu rechnen und in Blitzeschnelle hat er den Preis.

„Okay."

Kating greift in seine Tasche und holt ein paar Dollarscheine heraus. Er zählt sie ab und reicht sie dem Wirt.

„Kosten die Fernschreiben auch etwas?"

„Nein, denn eigentlich ist der Fernschreiber nur für die Post oder Wells Fargo. In diesem Falle profitiert ja auch die Post davon, wenn Sie den Mann fangen."

„Danke, Herr Wirt, wir werden nun gehen, auch danke an Ihre Frau."

Sie sehen auf den Tisch, aber der Proviant ist inzwischen verschwunden und hängt mit Sicherheit schon an den Pferden. Kating macht seinen Waffengurt auf und schließt ihn wieder über der Felljacke. Er bindet sich den Lederriemen vom Holster um den Oberschenkel und marschiert zur Tür.

Sie steigen in die Sättel und Kating nimmt wieder das Pferd mit den beiden Gewehren.

„Sagtest du nicht, dass die Sharp nicht geladen ist?"

„Ich werde sie zu gegebener Zeit laden. Wir wenden uns jetzt nach Cordell und versuchen ihm den Weg abzuschneiden."

Es ist inzwischen heller Tag, die Probleme, die sie mit dem Wirt hatten, hat sie mehr Zeit gekostet, als sie vorher gedacht hatten. Es ist jetzt zehn Uhr dreißig. Leichter Wind kommt auf und bläst aus Nordost, ihnen also entgegen. Beide klappen ihre Kragen von den Pelzjacken hoch. Es wird kälter, es ist zwar noch kein Frost, aber es kann nicht mehr viel davon entfernt sein.

„Es sind ungefähr hundertzwanzig Meilen bis Cordell, erst müssen wir über einen Seitenarm des Salt-Fork-Red-Rivers. Wenn wir Glück haben sind wir in vier Tagen dort, wenn nicht dann in fünf. Zwischen Cordell und Oklahoma City liegt der Canadien-River. Wir werden bis heute Abend reiten. Dann rasten wir für die Nacht. Ich werde die Landmarken erkennen, wenn ich sie sehe. Im Krieg habe ich sie mir ins Gehirn geschnitzt. So etwas vergisst man nicht."

Kating schweigt, das Wetter wird nicht besser. Er hat gehofft, dass es gegen elf Uhr eine Wetterscheide gibt und es besser wird. Aber es bleibt bewölkt, windig.

Sie traben leicht dahin, in diesem Tempo können die Pferde sechzig Meilen schaffen, wenn das Wetter nicht schlechter wird. Immer noch ist das Land hügelig, vor ihnen steigt ein kleinerer Bergzug auf mit drei Hügeln, die aussehen als wären sie exakt gleich hoch.

„Das sind die drei Väter der Erde sagen die Indianer. Dahinter kommt ein langgezogenes Tal, das bestimmt zwanzig Meilen lang ist. Die Indianer nennen es den Schoß der Mutter der Erde. Wenn wir über Vater und Mutter weg sind, dann kommt ein sehr hoher Gipfel im Verhältnis zu diesen kleinen Bergen."

„Haben die Indianer dafür auch einen Namen? Ich frage nur, damit ich es mir besser einprägen kann."

„Nein, nicht das ich wüsste, aber im Krieg nannten ihn unsere Jungs Marterpfahl Manitus. Denn gerade dort sind Schlachten geschlagen worden und viele Soldaten gestorben."

Kating streicht sich über das Gesicht um die alten Geister zu verscheuchen, dann spricht er weiter: „Dahinter liegt der Seitenarm des Salt-Fork-Red-River. Dort haben wir die Hälfte der Strecke hinter uns. Lass uns mal kurz anhalten ich will mir eine Zigarette drehen."

Beide halten ihre Pferde kurz an. Kating zieht seine Handschuhe aus und sucht nach dem Tabaksbeutel unter seiner Jacke. Er beginnt Tabak aus dem Beutel zu nehmen und sich eine Zigarette zu drehen, Ben folgt seinem Beispiel, legt aber die Zigarette in den Tabaksbeutel und beginnt sofort mit einer neuen Zigarette.

„Ein Gutes hat ja dieses Wetter, auf Schlangen werden wir nicht treffen."

Er greift in seine Westentasche unter der Lederjacke und holt ein Streichholz hervor. Ben ist inzwischen mit seiner zweiten Zigarette soweit und kommt mit seinem Pferd ganz nahe an Kating heran, der hat seine Zigarette angezündet und reicht nun Ben die Zigarette herüber. Dieser zündet seine daran an und sie reiten weiter.

Weites Grasland, immer wieder können sie weidende Longhorns beobachten. Hin und wieder sehen sie Cowboys bei der Arbeit. Sie bränden Kühe.

„Sag mal, bekommen die Kühe nicht im Frühjahr Kälber, was für Mengen müssen die haben, wenn sie jetzt im Oktober immer noch bränden. Vielleicht sind es auch Viehdiebe, aber das ist jetzt nicht unser Revier, darum sollen sich andere kümmern."

Sie sind den drei Vätern der Erde schon sehr nah gekommen. Inzwischen ist es vierzehn Uhr und sie wollen anhalten um kurz etwas zu essen.

Sie reiten eine kleine Anhöhe hinauf an einen Waldrand. Hier bläst der Wind nicht so stark wie unten. Der Wald gibt Schutz. Sie sitzen ab und nehmen ihren Proviantbeutel und gucken hinein, binden ein Lasso um einige Bäume. Die Pferde stehen in dem provisorischen Zaun. Sie müssen nicht mehr in den Wind und drehen instinktiv ihre Hinterteile nach Nordosten, so grasen sie dann.

Es ist immer wieder eine spannende Sache. Es gibt immer Überraschungen in diesen Beuteln. Ben nimmt die Kekse heraus, sie sind sehr hart aber schmecken gut. Es ist sogar etwas Pökelfleisch dabei.

„Lass uns ein Feuer machen, mir ist durch und durch kalt."

„Mach das, dann können wir auch Kaffee kochen. Das mit dem Kaltwerden gibt sich in den nächsten Tagen, man gewöhnt sich daran oder man muss aufgeben. Aber die paar Tage wirst du schon durchhalten, keine Sorge!" frotzelt Kating.

„Lass uns auch die Sharp scharf machen, damit kann ich dir dann Feuer unterm Hintern machen, falls dir zu kalt wird ..."

Kating legt die Sicherungsschlaufe von seinem Colt gewohnheitsmäßig um. Im nächsten Moment schießt er. Ein Hase überschlägt sich und bleibt liegen, genau in diesem Moment kommen zwei Männer hinter den Bäumen hervor mit Waffen in der Hand und schießen. Die Kugeln gehen fehl. Er hört einen Querschläger surren.

Kating schießt reaktionsschnell zurück und beide fallen auf die Knie und dann zur Seite. Er geht zu den Männern, der eine ist tot, der andere lebt noch, er hält noch seinen Revolver in der Hand die am Boden liegt.

Auch bei ihm wird es nicht mehr lange dauern. Kating hat zu gut getroffen. Er kniet nieder und nimmt den Revolver aus der Hand des sehr jungen Mannes. Ein ziemlich alter Perkusionsrevolver. Der junge Mann flüstert: „Wie konnten Sie wissen, dass wir Sie angreifen, womit haben wir uns verraten? ich verstehe es nicht."

„Junge, ich kann es dir nicht erklären, manche Menschen haben Glück und Intuition. Manche nicht, du hattest es nicht."

„Aber, ihr seid direkt auf uns zugekommen. Ich dachte, diesmal habe ich Glück!"

Der junge dreht seine Kopf nach links und fragt noch: „Mutter?" Dann atmet er aus und ist tot.

Alles ging so schnell, das Ben nicht mal seinen Revolver gezogen hatte. Er schüttelt den Kopf und murmelt: „Wie verzweifelt muss man sein um so etwas zu tun!"

„Verteufelt auch, guck dir den Jungen an, der war ja nur noch Haut und Knochen. Nun hat er es hinter sich. Wir haben nicht mal einen Spaten, wir haben nichts um sie zu beerdigen. Nicht einmal Steine gibt es hier. Ich lege sie weiter in den Wald, zieh du den Hasen ab. Soll er wenigstens nicht umsonst gestorben sein."

Ben geht zum Hasen und greift nach ihm. Er geht zur Seite schneidet ihn auf, nimmt ihn aus, und zieht dem Hasen das Fell über die Ohren. Nun sucht er einen dicken Stab um ihn über dem Feuer zu garen.

Beide schweigen und Ben dreht den Hasen über dem Feuer. Es dauert lange, länger als sie rasten wollten. Aber irgendwann ist etwas am Hasen gar und sie schneiden immer ein Stück ab. Ben holt die Sharp, das Säckchen mit den Ladungen. Er klappt den Arretierungshebel nach unten. Das Schloss klappt hoch, er nimmt eine Ladung und schiebt sie in das Schloss. Danach klappt er den Arretierungshebel wieder hoch. Die Ladung ist im Schloss fest. Nun spannt er den Hahn, nimmt ein Zündhütchen aus dem Beutel und steckt es auf den Piston. Die Waffe ist scharf. Nun treten sie das Feuer aus, steigen auf ihre Pferde und reiten weiter.

Sie nehmen die drei Väter der Erde in Angriff. Es geht Bergauf. Nach einer Stunde sind sie oben und sehen das lange Tal vor sich liegen.

„Wenn wir es heute noch bis ans Ende schaffen, wäre das gut."

Sie reiten wieder an und sind bald unten angekommen, es ist Nachmittag.

„Das sind ungefähr zwanzig Meilen, die sollten wir in drei bis dreieinhalb Stunden schaffen."

Es ist noch windig aber es bleibt trocken. Ben zündet sich seine Zigarette an, die er schon fast vergessen hatte.

Im Tal stehen mehr Bäume, es ist zwar Grasland. Sie stehen einzeln oder in Gruppen.

„Hier sind die Longhorns erst spät hingekommen. Sonst gäbe es hier auf keinen Fall so viele Bäume."

„Umso besser, hier ist nicht so viel Wind wie vor den drei Vätern", antwortet Kating.

Nach drei Stunden haben sie das Tal fast durchritten. Am Ende des Tals sehen sie so etwas wie eine kleine Ranch. Aber sie reiten weit daran vorbei. Sie wollen nicht gesehen werden. Viele Fragen kosten Zeit, und sie sind auf der Jagd. Auf Menschenjagd.

„Entschuldigen Sie, wenn ich Sie anspreche, aber Sie sind doch Kate Jenkings. Darf ich mich vorstellen. mein Name ist Piet van Dyke, ich werde Piet van Dyke geschrieben. Vielleicht sagt Ihnen das etwas. Ich war mit ihrem Vater befreundet und auch geschäftlich waren wir sehr eng zusammen."

„Ja, Mr. van Dyke, Sie haben recht, ich bin Kate Jenkings. Nein Mr. van Dyke Ihr Name sagt mir nichts. Ich war dreizehn Jahre nicht hier. Also kann ich Sie nicht kennen. Auch wenn Sie meinen Vater gut gekannt haben mögen, mir sind Sie fremd. Auf Wiedersehen Mr. van Dyke."

„Bitte, einen Augenblick noch, ich habe gehört was geschehen ist und ich möchte Ihnen mein tiefstes Beileid aussprechen, aber nicht nur das, denn sehen Sie, ich vertrete einen großen Waffenhersteller. Ich wäre interessiert die Waren Ihres Vaters zu erwerben, oder wollen Sie das Geschäft selber weiter betreiben, ich hoffe Sie verzeihen mir meine Neugier. Aber ich wollte Ihnen meine Hilfe anbieten, Miss Jenkings."

„Das klingt wirklich sehr interessant Mr. van Dyke. Wie lange bleiben Sie noch in der Stadt? Es ist noch nichts entschieden. Werden Sie so lange warten wollen?"

„Nun das kommt darauf an wie schnell Sie ihre Entscheidungen voranbringen. Ich bin ja erst mit der letzten Kutsche gekommen und erst einige Tage da und könnte noch warten...."

„Vielleicht ist es gut, dass ich Sie getroffen habe, oder vielmehr Sie mich." Sie lächelt. „Ich werde in den nächsten Tagen dafür sorgen, dass das Haus aufgeräumt wird, damit der Tischler es wieder Instand setzten kann. Wohnen Sie hier im Hotel, Mr. van Dyke?"

„Ja, ich wohne hier im Hotel. Entschuldigen Sie nochmals, dass ich Sie hier am Tisch ansprach, aber... ", er zuckt mit den Schultern:

„Was sollte ich machen?"

„Ich werde mich bei Ihnen melden lassen. Ich wünsche Ihnen noch einen angenehmen Tag Mr. van Dyke. Auf Wiedersehen."

„Auf baldiges Wiedersehen, Miss Jenkings."

Kate Jenkings bleibt noch sitzen und denkt über das Angebot nach. Wenn sie das Haus instand setzen lässt, sie hat ja noch sieben tausend Dollar auf der Bank, ihr Reisegeld von etwa sechshundert Dollar und, wenn sie dem Mr. Dyke den Warenbestand ihres verstorbenen Vaters verkaufen kann, sähe es gar nicht so schlecht mit ihr aus.

Sie müsste erst einmal das Haus aufräumen bzw. ausräumen lassen um alle Waren zu sammeln, damit sie sie verkaufen kann. Dazu müsste sie jemanden haben, der dann unabhängig die Waren schätzen würde, damit sie wüsste, was sie ungefähr wert wären. Auch könnten dann die

Zimmerleute und der Tischler anfangen das Haus instand zu setzen.

Wer könnte da helfen. Der Bürgermeister ist auch der Storebesitzer. Er könnte Leute beschaffen und die Waren schätzen. Auch hätte er die Möglichkeit die Waren einzulagern, bis sie eventuell verkauft werden können.

Kate Jenkings hat sich entschlossen und steht auf, sie will nun zum Bürgermeister. Sie geht aus dem Hotel über den Seitenholzsteg zu dessen Haus. Das ist praktisch, denn so braucht sie nicht durch den knöchelhohen Staub laufen. Auch ist es Vormittag und sie weiß, um diese Zeit wird sie auf dem hölzernen Gehweg nicht von angetrunkenen Cowboys oder anderen belästigt.

Die Sonne ist etwas herausgekommen und wärmt sie ein wenig. Sie läuft etwas beschwingt, denn sie hat das Gefühl einen neuen Anfang gefunden zu haben. Danach wird sie den Tischler und den Zimmermann besuchen und den Auftrag zur Renovierung geben. Eventuell kann sie zu Weihnachten in ihr Haus einziehen.

Sie erreicht das Gebäude vom Bürgermeiser, das hinter dem Store liegt und mit dem Store zusammengebaut ist. Sie klopft an die Tür und kurze Zeit später wird die Tür von einer Haushälterin geöffnet.

„Bitte, könnte ich den Bürgermeister sprechen?"

„Da haben Sie Glück, er ist gerade vom Postmeister gekommen, warten Sie doch bitte einen Augenblick hier in der Halle, ich werde den Bürgermeister holen."

Kurze Zeit später kommt der Hausherr die Treppe herunter, er atmet schwer. Sein großer Bauch wippt mit jeder Stufe mit.

„Miss Jenkins, was verschafft mir das Vergnügen. Kommen Sie, kommen Sie, wir gehen in mein Büro."

Schnell ist er von der Treppe herunter und bittet: „Kommen Sie, Sie kennen ja mein Büro, ich darf vorgehen."

Er öffnet die Tür und lässt sie eintreten. „Nehmen Sie doch Platz", er schiebt ihr den Stuhl unter und umrundet seinen Schreibtisch. „Was kann ich für Sie tun?"

„Herr Bürgermeister, Sie können tatsächlich etwas für mich tun. Sehen Sie, ich möchte mein Elternhaus wieder herrichten lassen. Ich brauche ein paar Leute, denen ich vertrauen kann, die das Haus ausräumen, damit die Handwerker arbeiten können. Natürlich ist viel Ware da und auch Möbel, ich müsste sie irgendwo unterstellen. Auch müsste die Ware geschätzt werden. Da ist mir niemand anderes eingefallen als Sie. Können Sie mir da irgendwie helfen?"

Der Bürgermeister hört interessiert zu. Als sie schweigt, wiederholt er: „Wenn ich Sie richtig verstanden habe, dann soll ich das Ausräumen des Hauses übernehmen, das Schätzen der Ware und die Einlagerung bis das Haus fertig ist. Ist das so korrekt?"

Das Gesicht von Kate Jenkings hellt sich auf: „Ja, das ist ganz genau, was ich möchte."

„Nun, das wird sich machen lassen, ich werde Ihnen eine Kostenaufstellung machen und sie Ihnen in das Hotel schicken lassen. Diese können Sie dann in aller Ruhe durchschauen und wenn Sie einverstanden sind, schicken Sie mir die Kostenaufstellung unterschrieben zurück, gut so?"

„Ja, sehr gut so, wie lange wird das ungefähr dauern, ich meine, der Kostenvoranschlag und das Ausräumen. Ich nehme an, die Handwerker werden mich fragen, wann sie anfangen können."

„Nun", zögert der Bürgermeister.

„Eine Frage noch, wie lange meinen Sie wird die Renovierung dauern? Ich hoffe, ich kann zu Weihnachten einziehen."

„Sie werden heute noch den Kostenvoranschlag bekommen, wenn Sie ihn mir morgen zurückschicken, könnten wir übermorgen anfangen. In drei Tagen wäre alles aus dem Haus und bei mir verstaut. Das Schätzen der Ware würde dann allerdings etwas länger dauern, da ich mir alles sorgfältig anschauen muss.

Also heute ist Mittwoch. Am Freitag könnten wir anfangen und am Dienstag könnten die Handwerker beginnen. Es wird so schnell gehen, da es ja auch im Interesse der Stadt ist, dass das Haus wieder instand gesetzt wird. Sagen Sie den Handwerkern, sie können am Dienstag beginnen."

Der Bürgermeister steht auf: „Bevor ich es vergesse, der Postmeister hat mir gesagt, dass er noch etwas in der Postkutsche von Ihnen gefunden hat. Gehen Sie doch bei Gelegenheit bei ihm vorbei."

Das Hotel ist am Anfang der Stadt, auf der anderen Straßenseite ist der Mietstall. Jake sitzt wieder gegenüber dem Sheriffbüro und sieht wie Miss Jenkings aus dem Hotel kommt, am Sheriffsbüro vorbeigeht, weiter am Saloon vorbei und endlich hinter dem Store verschwindet. Wieder hat er beobachtet, dass Mike unter das Sheriffbüro gekrochen ist. Wenn man weiß wo man hingucken muss, sieht man Mike jedes Mal, wenn er hinunterkriecht und wenn er wieder heraus kommt.

Blood und Bones sind im Büro. Inzwischen ist ihm klar geworden, dass immer wenn jemand im Sheriffbüro ist, Mike unter diesem verschwindet.

Er wollte heute Morgen zum Sheriff, hörte aber, dass er mit seinem Deputy für einige Tage weggeritten ist, also beschloss Jake weiter zu beobachten was Mike tut. Aber wie weit er ihm auch immer folgt, das einzige was Mike ungewöhnliches tut, ist, unter das Sheriffbüro zu kriechen.

Auch ist es ihm noch nicht gelungen, herauszufinden an wen Mike seine Dienste verkauft. Auch von Chet war überhaupt nichts zu erfahren, also muss er sich weiter auf sich selber verlassen.

Er hat mit einem Stubenmädel des Hotels, das ihn wohl sehr mag, vereinbart, dass sie einen Blumentopf in einem Fenster zur Seite schiebt, wenn man ihn im Hotel braucht. So ist er immer informiert und kann blitzschnell ins Hotel laufen.

Als Kating und Ben in Cordell ankommen, reiten sie sofort zum Telegrafenbüro und geben ein Telegramm nach Wellington auf, mit der Frage, ob Stuard gesehen worden ist. Sie sagen dem Clerk des Telegrafenbüros, das sie Antwort erwarten und jetzt im Mietstall zu finden sind. Er gibt ihm seinen Namen *Kating* an. Man möchte doch jemanden schicken der ihnen Bescheid gibt.

Sie machen sich auf den Weg zum Mietstall. Kating resümiert. Sie erreichten ungefähr um zweiundzwanzig Uhr das Ende des Tales, haben dann vier Stunden geschlafen. Jeder zwei Stunden und zwei Stunden Wache. Sie sind in der Nacht noch bis Cordell geritten, jetzt sind sie und die Pferde erschöpft.

Es ist Vormittag sie satteln ihre Pferde ab und beide legen sich zu ihren Pferden ins Heu. Gerade haben sie eine halbe Stunde geschlafen, da werden sie geweckt.

„He, Sie können natürlich hier schlafen, aber erst müssen sie bezahlen. Wenn sie hier ihr Pferd unterstellen, müssen sie auch bezahlen!"

„Sorry, aber wir sind so eingeschlafen. Wir werden natürlich bezahlen, aber wir wollen noch mehr, wir brauchen frische Pferde. Können wir die bei Ihnen bekommen?"

„Was für eine Frage, wo wollen Sie die denn sonst bekommen, hier fährt keine Postkutsche durch, also vermiete oder verkaufe ich die Pferde."

„Gut, dann lassen Sie uns erst das Geschäft machen, wo haben sie die Pferde, die Sie verkaufen, diese beiden hier sind unsere Pferde."

„Ich sehe schon, das sind Kutschpferde, aber auch zum Reiten gut zu gebrauchen, wo haben sie die her?"

Kating fast in seine Weste und holt seinen Sheriffstern hervor.

„Ich bin der Sheriff von Wellington, mein Name ist Kating, hier mein Partner ist mein Deputy, sein Name ist Adams. Wir sind hinter einem Verbrecher her. Beantwortet das ihre Fragen?"

Der Stallmann sieht den Stern genau an und liest Wellington. Kating steckt ihn wieder ein.

„Okay. Sheriff, dann kommen sie mal mit, die Pferde sind weiter hinten und auf der Koppel."

Ben bleibt vorne am Tor stehen, er will da sein, falls Nachricht kommt.

Nach kurzer Zeit kommt der Stallmann und Kating zurück, mit zwei Pferden. Ben sieht sofort, das sind gute Pferde und wahrscheinlich Cowboypferde. Abgerichtete Reittiere, die auch bei Schüssen nicht Scheuen.

Im nächsten Moment sehen sie einen Jungen angelaufen kommen. Er bleibt bei ihnen stehen und fragt: „Sind sie Mr. Kating?"

Dieser nickt und antwortet: „Ja, meine Junge, schickt dich der Clerk vom Telegrafenbüro?"

Jetzt nickt der Junge: „Ja, ich soll Ihnen Nachricht geben, es kam eine Antwort durch. Sie möchten zum Telegrafenbüro kommen."

„Okay. Wir sind auch gleich da, laufe schon einmal vor und sage, dass wir kommen."

Sie legen ihre Sattel auf die Tiere und verstauen ihre anderen Sachen, und nehmen die beiden neuen Pferde am Zügel und gehen aus dem Stall.

„Na, Oldtimer, ein schönes Pferd hast du da, das ist aber mein Pferd. Was sagst du Oldtimer. Wie kommst du zu meinem Pferd?"

Ein zweiter Mann etwa zwanzig Jahre alt, tritt hinzu und bestätigt: „Ja, das stimmt, das ist sein Pferd und alles was da dran ist, gehört ihm auch, das kann ich beschwören, alter Mann. Und nun verschwinde, bevor wir dir Beine machen!"

„Vielleicht kann er gar nicht mehr weglaufen, so alt wie der ist. Der ist doch bestimmt schon fast hundert Jahre alt."

Kating geht weiter. Die beiden wollen das aber nicht und greifen zum Revolver. Aber sie haben ihre Colts gerade erst berührt, da sehen sie schon in die Mündung von Katings und Bens Revolver.

„Seht mal, ihr seid noch jung. Erstens könnt ihr noch dazu lernen und zweitens habt ihr euch bei den Pferden getäuscht. Richtig?"

Die beiden erstarren mitten in der Bewegung und hören Kating, der spricht weiter: „Und nun sagt man schön: Entschuldigen Sie Sir, wir haben uns geirrt und es kommt garantiert nicht wieder vor. Und ich möchte das von euch im Duett hören. Wenn sich auch nur einer verspricht seid ihr erledigt. Also: Entschuldigen Sie Sir, wir haben uns geirrt und es kommt garantiert nicht wieder vor! Wir stecken jetzt unsere Waffen weg und ihr beiden könnt wählen, entweder ich höre jetzt was von euch oder ihr zieht. Jetzt los, ich werde ungeduldig!"

Kating und Ben haben den Stall im Rücken und stehen zwischen den Pferden. Kating ist Linkshänder und führt sein Pferd auf der rechten Seite mit der rechten Hand. Ben ist Rechtshänder und führt auf der linken Seite sein Pferd mit der linken Hand.

Die beiden Rowdies stehen direkt vor ihnen. Selbst wenn jetzt noch ein anderer Mann helfen wollte, haben die beiden Rowdies keine Chance, sie sehen sich nach rechts und links um, aber es gibt keinen Ausweg. Die beiden werden rot, ihre Wut ist nicht zu übersehen. „Eins, zwei, und…."

Die beiden sehen sich kurz an dann kommt: „Entschuldigen Sie Sir, wir haben uns geirrt und es kommt garantiert nicht wieder vor."

„So, jetzt lasst ihr ganz vorsichtig die Holster fallen, und dann geht ihr bis auf die andere Straßenseite. Los!"

Sie binden sich die Lederschnur vom Oberschenkel los, dann lassen sie die Holster fallen und bewegen sich langsam auf die andere Straßenseite. Kating und Ben gehen weiter und heben die Waffen auf. Sie werfen die Waffen in den Wassertrog am Saloon.

Daraufhin schwingen sie sich in den Sattel und reiten die Straße hinunter zum Telegrafenbüro.

Wie sie ankommen, werden Sie sofort begrüßt: „Mr. Kating, es ist eine Antwort für Sie gekommen. Bitte lesen Sie!"

Kating liest, während Ben an der Tür steht und die Straße im Auge behält.

„An Sheriff Kating. Stopp. Zeuge hat gesuchten Mann gesehen. Kamen zu spät. Stopp. Stieg in Kutsche nach Oklahoma City. Stopp. Conery Postmaster Wellington.

„Haben sie einen Scheriff hier im Ort?"

„Damit können wir nicht dienen, sehen sie, zuerst kam der Telegraf, dann sollte die Kutsche hier durch kommen und Station machen. Aber die Kutsche ging dann nach Clinton und alles was uns blieb ist der Telegraf, wenn wir Hilfe brauchen telegrafieren wir nach Clinton und von da kommt dann der Sheriff. Warum fragen Sie?"

„Es ist mein Beruf und das interessiert mich halt. Danke."

„Soll ich noch was zurückschreiben?" Kating überlegt: „Ja, schreiben Sie, dass wir uns aus Oklahoma City wieder melden, danke und bis dann."

Kating geht auf Ben zu, sieht ihn fragend an und dieser schüttelt den Kopf.

„Okay, dann lass uns reiten!"

Als sie auf den Pferden sitzen zeigt er Ben das Telegramm. Er dirigiert das Pferd mit den Schenkeln und erklärt: „Es ist wie ich vermutete, wenn sich der Zeuge nicht geirrt hat, dann ist Stuard in einer Kutsche nach Oklahoma City unterwegs. Wir müssen ihn dort abfangen, bevor er sich wieder umkleidet. In Oklahoma City werden wir auf jeden Fall den Store in der Nähe der Poststation oder des Hotels besuchen und nachfragen.

Die Postkutsche macht von Clinton aus einen Bogen nach Norden und somit einen Umweg, weil der Canadien River nahe *Oklahoma City* zu wild ist und nicht passiert werden kann. Die Kutsche fährt über die Orte: *Thomas, Waton* und *Kingfischer*. Sie kommt deshalb von Nordwesten in die Stadt.

Wir werden, wie wir es uns vorgenommen hatten, direkt auf *Oklahoma City* zureiten und den Canadien River durchfurten.

Es sind für uns ca. fünfzig Meilen bis zum Fluss. Danach ist es ein Katzensprung bis Oklahoma City. Von jetzt an gibt es keine Möglichkeit mehr, die Pferde zu wechseln, erst wenn wir wieder in der Stadt sind.

Derjenige der auf dem Pferd einschläft, wird vom andern geführt, die Pferde können erst am Canadien River, *nachdem* wir ihn durchfurtet haben, rasten. Bis dahin können wir sie leider nicht schonen."

Inzwischen sind sie aus dem Ort und Kating hält direkt auf einen hohen Gipfel zu, der weit über die anderen Berge ragt.

„Das ist wohl der Marterpfahl Manitus?" Ben fragt und grinst dabei: „Ein guter Name, er trifft es fast."

„Wenn wir ihn soweit hinter uns haben wie wir ihn vor uns haben, dann sind wir am Canadien River."

Kating beginnt wieder damit sich eine Zigarette zu drehen. Er fasst unter seine Jacke, holt seinen kleinen Tabaksbeutel hervor, macht ihn auf und zieht ein Papierheftchen hervor, er zieht ein Blatt heraus und nimmt etwas Tabak aus dem Beutel, er hat das linke Bein etwas angehoben, der Beutel liegt auf dem Sattel neben seinem Oberschenkel. Er bringt den Tabak auf das Papier und rollt es ein, einmal kurz an die Lippen und die Zigarette ist fertig. Er steckt die Zigarette zwischen die Lippen, zieht den Beutel zu und steckt ihn wieder in die Tasche.

Danach nimmt er sein linkes Bein wieder herunter und schlüpft mit dem linken Fuß in den Steigbügel, worauf sie im leichten Trab dahin reiten um viel Strecke hinter sich zu bringen, aber die Pferde zu schonen.

Die Sonne scheint, aber das Wetter bleibt kalt. In der letzten Nacht hat es leicht gefroren, daher haben sie auch nicht länger als zwei Stunden geschlafen, der Körper holt sich den Schlaf, den er unbedingt benötigt und dann wacht er auf, vor Kälte.

Sie werden die fünfzig Meilen in sechs bis sieben Stunden schaffen, wenn keine Probleme auftauchen. Aber sie haben jetzt schon Schlafmangel und gegessen haben sie auch noch nichts. Beide greifen in ihrem Proviantsack und holen wieder die harten, aber gutschmeckenden Kekse heraus und beißen davon ab und kauen sie gut durch, auf diese Weise haben sie das Gefühl, dass sie mehr essen, als sie es tatsächlich tun.

Ben nimmt noch etwas Pökelfleisch aus dem Sack. Er ist größer und jünger als der Sheriff und braucht für seinen Körper mehr Energie. Das Gelände steigt langsam aber stetig an.

„Wer dort oben auf dem Piek vom *Manitus Marterpfahl* steht, übersieht das ganze Tal. Wenn er ein gutes Fernglas hat, kann er uns jetzt schon sehen. Wir gehen seitlich links über die Wasserscheide des kleineren Berges. Im Krieg sind wir dort auch rüber, es ist relativ bequem, ein gut befestigter Pfad. Vielleicht war und ist es ein Wildpferdwechsel".

Nach ungefähr einer Stunde lassen sie die Pferde im Schritt gehen. Auf diese Weise können sie sich ein wenig erholen.

„Wir hätten uns wenigstens irgendwo einen heißen Kaffee holen können in Cordell. Ein Ort der wohl wenig Überlebenschance hat. Aber sie haben den Telegrafen, vielleicht wird der ihnen irgendwann helfen. Sag mal Moses, wieso hast du eigentlich die beiden jungen Burschen geschont? Ich hatte schon damit gerechnet, dass du sie umlegst."

„Sie waren keine Gefahr, dumme Jungen, die in ihrem Ort keine Chance bekommen und glauben dass sie die Größten sind. Ich schieße nicht auf Spatzen. Sie werden sich die Leute, die sie eventuell ausrauben wollen, besser ansehen. Denn ich glaube, dass sie es tun werden."

„Was werden sie tun, sie besser ansehen oder ausrauben?"

„Beides, Ben, beides. Wir haben Besuch, hast sie schon gesehen?"

„Ich hoffe, dass sie uns nur begleiten und nicht angreifen, ich habe fünf gezählt, ich hoffe es sind Cherokees, sie haben im Krieg auf der Seite der Konföderierten Armee gekämpft, ich hoffe sie lassen uns zufrieden und stehlen sich ein Longhorn, da haben sie mehr davon. Vielleicht wollen sie auch nur wissen ob wir zu einer Ranch gehören, wenn wir einfach weiterreiten immer auf unserem Kurs, merken sie vielleicht, dass wir nicht ihre Feinde sind. Hoffe ich!"

„Sieh mal nach vorn, da braut sich was zusammen, wir haben bestimmt Null Grad. Da türmen sich Wolken auf, sie kommen hinter dem Höhenzug, den wir überqueren wollen. Da kommt der erste Schnee, zwar nur zum Erschrecken, denn es ist noch nicht soweit, aber wir sollten wieder ein wenig schneller reiten, bis wir auf den Schnee treffen. In spätestens einer Stunde sind wir darin."

Die Temperatur fällt weiter. Beide lassen ihre Pferde schneller laufen. Die Indianer haben inzwischen auch die Wolken gesehen und drehen ab. Was immer sie auch wollen oder wollten, sie drehen ab und verschwinden.

Die ersten Böen erreichen die beiden. Aber sie reiten nun schneller, weiter dem Wetter entgegen.

Bald erreichen sie den Schnee, sie ziehen ihre Pelzkapuzen von den Pelzjacken über und ihr Hut hängt nur an der Windschnur auf den Rücken.

Dann reiten sie wieder etwas langsamer, der Wind wird nun stärker, die Schneeflocken treiben genau von vorne in ihr Gesicht. Sie neigen die Köpfe etwas und stemmen sich gegen das Wetter. Inzwischen haben sie den Fuß des Bergpfades erreicht und sie erklimmen den Berghügel den sie überqueren müssen.

Beide legten ihre Proviantsäcke auf den Sattel vor sich, da der Schnee sich auf dem Sattel fängt und sich am Unterleib auftürmen würde. Die Pferde dampfen und schnauben, während sie sich den Berg hinauf kämpfen.

Der Schnee wird immer dichter, je weiter sie den Berg hinaufkommen. Kating schreit zu Ben der hinter ihm reitet: „Ben wir müssen die Wasserscheide erreichen, auf der andern Seite können wir uns einen Unterschlupf suchen."

Ben nickt nur, er wischt sich wieder den Schnee aus dem Gesicht, seine Handschuhe sind inzwischen nass, auch die Hose ist nass, die Pelzjacke ist noch nicht durch. Der Schnee ist noch nass, es ist nur knapp unter null Grad, die Kälte kriecht die Beine hoch, sie pressen die Beine an die Pferde, damit etwas Wärme vom Pferd übertragen wird. Nur die Füße werden trotzdem immer kälter.

Nach einer weiteren Stunde sind sie an der Wasserscheide angekommen. Sie blicken nach vorne in das Tal vor ihnen, sie sehen nur Schnee, Schnee.

Ihre Augen tränen, da ihnen der Schnee immer wieder in die Augen schlägt. Es ist dunkel geworden und die Schneeflocken verdecken die Sicht ins Tal. Beide stehen oben und suchen mit den Augen nun den Weg nach unten. Der sich, wie Sie wissen von nun an durch Felsen hindurch bis ganz nach unten schlängelt. Aber nach zehn Yards ist nichts mehr zu sehen. Auch die Felsen schützen nicht viel vor dem Schnee, aber man kann besser sehen, da der Schnee nicht mehr direkt in die Augen weht.

Nachdem sie nun auf der anderen Seite angekommen sind, beginnen sie die Felsen genauer anzusehen um zwischen den Felsen einen Unterschlupf zu finden. Dabei reiten sie immer weiter, der Schnee ist noch klebrig und nass, die Pferde sind gefährdet auf den Felsen auszurutschen. Aber dann wird der Boden weicher, sie laufen auf Erdboden, die Pferde bekommen wieder besseren Halt.

Bald erreichen sie die ersten Bäume, die Felsen treten zurück und werden kleiner, es wird etwas waldiger. Den Weg haben sie längst verloren und reiten nun langsam tiefer in einen Wald.

Das Schneetreiben ist hier unten zwischen den Bäumen weniger stark und man kann jetzt wieder halbwegs normal weiterreiten. Beide wissen noch nicht, ob sie und wie sie irgendwie rasten können. Sie brauchen dringend einen Unterschlupf, der geschützt ist, an dem sie Feuer machen und sich trocknen können.

Auch die Pferde müssten dann abgerieben werden und brauchten etwas Gras. Sie reiten nun eng nebeneinander. Kating ruft: „Wir müssen irgendwie einen Unterschlupf finden. Hier im Wald haben wir zumindest schon mal Holz für Feuer, das Holz direkt an den Stämmen ist noch nicht weiß und damit auch noch nicht nass, immer wieder sehe ich hier größere Felsblöcke, es muss hier irgendwo doch einen Felsen geben, der uns Unterschlupf gewährt.

„Das Wetter kommt von Norden, dann wird die Kutsche eventuell auch nicht fahren, sie wird aber mindestens eine Menge Verspätung haben. Also suchen wir einen Unterschlupf!"

Sie reiten immer weiter. Eine Felswand tritt vor ihnen aus dem Boden und steigt immer weiter aus dem Boden. Sie reiten an der Felswand entlang. Die Felswand wird immer höher. Langsam tritt sie unten am Boden zurück, der Überhang wird immer größer.

Kating zieht seinen Revolver und zischt: „Aufpassen, es könnten hier Wölfe sein, sie sind zwar noch nicht hungrig, aber sie könnten aufgeschreckt werden und dann angreifen!"

Er reitet langsam weiter, Ben hinter ihm. Hin und wieder knackt ein Zweig unter den Hufen, das zeigt, dass das Schneetreiben auch hier noch nicht lange andauert. Inzwischen sind sie schon unter dem Überhang der Felswand und werden vom Schnee nicht mehr getroffen.

Kating steigt ab, aber behält den Colt in der Hand. Er führt das Pferd. Es ist ruhig, während das Pferd von Ben, das dieser auch inzwischen führt, schnaubt und anfängt zu tänzeln. Es hat Offensichtich Angst.

Dann sehen sie eine richtige Wolfskuhle. Der Boden ist wie eine Wanne geformt. Dort legen sich Wölfe rein. Aber im Moment sind keine Wölfe darin.

„Wir nehmen diese Gelegenheit war. Halt die Pferde, ich werde trockenes Holz holen."

Er geht wieder aus dem tiefen Überhang hinaus unter die Bäume, und nimmt vorsichtig seinen Hut ab und klopf an seinem Bein den Schnee der an der Außenseite ist ab, und sammelt kleine Zweiglein in seinen Hut. Da der Hut auf dem Rücken hing ist er von innen trocken. Er kommt zurück mit einem Hut voll Zweiglein, schüttet sie vorsichtig auf den trockenen Platz vor der Wolfskuhle und beginnt aus dem Vorratsbeutel die Dosen mit Moos und Streichhölzern zu nehmen.

Über etwas Moos stellt er die kleinen Zweiglein wie ein Zeltgerippe auf. Dann zündet er das Moos an, es fängt sofort Feuer und die kleinen Zweiglein brennen ebenfalls schnell.

Nun geht er wieder zurück zu den Bäumen und holt etwas größeres Holz. Es ist zwar an einem Ende nass aber am anderen Ende trocken. Er legt vorsichtig die trockenen Enden in das Feuer, auch das Holz beginnt sofort zu brennen. Inzwischen ist das Feuer kräftiger geworden und beginnt schon zu wärmen.

Ben beginnt mit dem Absatteln. Kating holt immer mehr Holz. Bald liegt ein Stapel trockenes Holz zwei Yards neben dem Feuer, sodass sie es immer weiter in Gang halten können.

Kating hat sein Pferd an einen dünnen Baum gebunden, der aus einer tiefen Felsspalte ragt. Ben band seines an das Pferd von Kating, da dieses völlig ruhig steht. Die Pferde sind direkt an der Felswand hinter den Männern.

Sie setzen sich beide ans Feuer, und haben ihre beiden Winchester griffbereit neben sich.

„Hast du dich nicht gewundert, dass mein Pferd nicht scheut, hier im Wolflager? Ich habe mir so meine Gedanken gemacht. Es ist ein Kriegspferd, keine Ahnung wo das her kommt, aber wahrscheinlich aus Mexiko. Ich hatte mich schon über die Narben, die es hat, gewundert. Das scheint ein wirklich nervenstarkes Pferd zu sein, gut abgerichtet. Es passt zu so einem alten Schlachtross wie mir!"

Ein halbes Grinsen rutscht über sein Gesicht.

„Ich habe deshalb auch mein Pferd an dein Pferd gebunden. Ich hoffe es bleibt ruhig, falls die Wölfe wiederkommen."

„Was mich wundern würde. Wenn sich die Tiere bei diesem Wetter hier nicht verkriechen, dann gibt es sie nicht mehr oder sie haben woanders noch eine bessere Höhle. Hoffe ich."

Ben hat inzwischen begonnen etwas Schnee von den Schneehäufchen in einen Wasserkessel zu schütten um Kaffee kochen zu können.

„Wenn sie jetzt etwas brauchen, dann ein heißes Getränk oder etwas heißes zu essen!"

Sie bauen Dreibeine über die sie ihre Kleidung zum Trocknen legen, indem sie einige fast gerade Äste wie Gewehre zusammen stellen.

Im Krieg standen so die Gewehre immer griffbereit in Zelten. Sie haben die Hosen ausgezogen und sitzen in Unterhosen am Feuer.

„Hoffentlich sind die Klamotten bald trocken, ich kämpfe nicht so gerne in Unterhosen."

„Och", im Krieg musste man in allen Kleidungsstücken kämpfen können", meint Kating unbeeindruckt.

Er schlürft am Kaffee und scheint sich wohl zu fühlen, trotzdem liegt sein Revolver direkt neben seinem Oberschenkel.

„Ben", brummt Kating: „Du kannst ja richtig gut Kaffee machen, wo hast du das denn gelernt?"

Er bekommt keine Antwort, denn Ben ist im Sitzen eingeschlafen. Na gut, denkt sich Kating, lass ihn schlafen, später bin ich dran. So sitzt er bestimmt eine Stunde da. Inzwischen ist seine Hose trocken, er zieht die Unterhose aus und seine Hose an, dann legt er sie leise über das Dreibein. Er packt hin und wieder Holz auf das Feuer, so dass es groß genug bleibt um weiter die Hosen zu trocknen.

Er hört Geräusche, und sieht in den Wald, das Knacken im Walde wird lauter, urplötzlich sieht er ein Reh auf sich zurasen. Dann riecht das Reh das Feuer und dreht ab, es zeigt seine volle Breitseite. Geistesgewärtig greift er zum Gewehr, hält auf das Reh und drückt ab. Er läd' sofort wieder durch. Der Knall reißt Ben aus dem Schlaf, der hat noch seinen Revolver in der Hand. Sofort steht er und guckt wild um sich.

„Verdammt", knurrt da Kating: „Verdammt, denn hinter dem Reh kommt ein Rudel Wölfe von mindestens zwölf Tieren angestürmt. Sie stürzen sich auf das Reh und ziehen es weg.

„Bitte schön, gern geschehen!" Knurrt Kating. Aber einige besonders große Tiere kommen auf sie zu, sie laufen vor dem Feuer hin und her, so als suchten sie einen Weg zu den beiden Männern. Bens Pferd wird immer unruhiger. Sie stehen hinter den Männern. „Hoffentlich tritt uns Dein Pferd nicht ins Kreuz", murmelt Kating.

Sie müssen ihre Pferde verteidigen, sonst gibt es kein Überleben. Die Wölfe starren Kating direkt an. Kating starrt zurück.

„Was wird das jetzt mit Euch?" fragt er. In diesem Moment hat Ben sein Gewehr, das er ergriffen hat, auf einen Wolf abgefeuert. Er steht da in Unterhosen mit der Waffe an der Wange. Der Wolf jault und macht einen Satz rückwärts. Wieder wollen Wölfe seitlich an sie ran. Kating feuert nach rechts und Ben nach links. Immer wieder greifen Wölfe an, wenn sie angeschossen werden, jaulen sie und springen zurück.

Dann macht es bei Ben klick! Keine Patrone mehr in der Winchester. Als wenn der größte Wolf auf diesen Ton gewartet hätte, springt er über das Feuer auf Kating zu. Er springt und will sofort in die Gurgel zubeißen. Kating hat das Gewehr noch halb hoch und schießt aus der Hüfte, er trifft den Wolf, aber der Wolf prallt gegen ihn und beißt sich in den rechten Arm unterhalb der Schulter fest.

Wieder wird geschossen, aber dieses Mal ist es Ben der den Wolf ein zweites Mal trifft. Ein zweiter Wolf springt ihn an. Auf der Seite von Ben kommen zwei Wölfe. Ben zieht seinen Colt und trifft die beiden Tiere. Dann schießt er auf den Wolf der an Kating hängt. Der Wolf lässt los, dreht ab und rennt davon, Ben schießt ein weiteres Mal, der Wolf überschlägt sich und bleibt liegen.

„Waffen laden!" schreit Kating. Beide schieben parallel ihre Patronen in die Winchester und ihre Colts, sofort laden sie durch.

Es liegen mehrere Wölfe um das Feuer. Außerhalb bewegt sich noch ein Tier. Ben will hin zum diesem Wolf, um es zu erschießen.

Kating ruft: „Halt, stehen bleiben, auf jeden Fall hierbleiben, nicht rausgehen, vielleicht stehen welche auf dem Überhang, die springen dir ins Genick, da hast du keine Chance und ich wüsste nicht wohin ich zielen soll um dich nicht zu treffen. Das sind Killerwölfe, die sind schon öfter auf Menschen gegangen. Der wollte mir gleich an die Kehle."

Kating geht zu den toten Tieren unterhalb des Überhanges und schießt jedem Tier eine Kugel in den Kopf.

„Ich will keine Überraschung haben!" Dann wirft er die Tiere aus dem Feuerkreis um die Pferde nicht noch unruhiger zu machen.

Er fasst sich an den Arm und knurrt noch: „Die restlichen Wölfe haben das Reh und sind erst einmal zufrieden. Zieh deine Hose an, meine Unterhose hängt da auch schon."

Nachdem auch Kating zwei Stunden geschlafen hat, reiten sie weiter. Nun ist Ben beim Reiten eingeschlafen, aber Kating führt ihn. Aber auch dieser Schlaf dauert nicht länger als fünfundvierzig Minuten, trotzdem schläft er bis zum Abende viermal ein, die Tiere gehen im Schritt.

Einen Tag später sind sie am Canadien River angelangt. Katings Arm ist inzwischen grün und blau, aber die dicke Felljacke hat das schlimmste verhindert. Die Zähne des Wolfes sind nicht durchgekommen, es gab keine Wunde, trotzdem ist die Bewegung des Armes etwas eingeschränkt.

Der Canadien River ist ein reißender Fluss und frisst sich durch das Felsgestein, er ist fast unpassierbar. Sie führen ihre Pferde oben am Ufer des Flusses entlang und suchen eine Möglichkeit zum Fluss hinunter zu kommen. Den Fluss zu passieren um dann wieder auf der anderen Seite hinauf zu kommen. Sie laufen parallel zum Fluss. Eigentlich können sie den Fluss gar nicht sehen, aber sie hören sein gewaltiges Rauschen. Zwischen Ihnen und dem Fluss sind große Felsbrocken. Mit den Pferden kommen sie nicht hinauf für eine Übersicht.

Also gehen sie an den Felsen entlang und suchen ein Durchkommen. Es liegt noch Schnee und beide sehen Wildspuren die zwischen den Felsen verschwinden und wahrscheinlich zum Fluss führen.

„Wenn wir jetzt einen Weg finden, dann war der Schnee doch noch hilfreich".

Ben scheint erleichtert und nachdem er fast drei Stunden auf seinem Pferd geschlafen hat, fühlt er sich ganz gut. Sie führen ihre Pferde am Zügel und folgen der Wildfährte zwischen den Felsen.

Nach kurzer Zeit treten die Felsen zurück und sie stehen auf einem fast runden Platz. Die Fährte läuft darüber und verschwindet wieder zwischen den Felsen.

Bens Pferd scheut, seine Ohren spielen, die Augen sind aufgerissen, es wiehert und will nicht weitergehen. Katings Pferd schnaubt, bleibt aber ruhig. Ben zieht sein Pferd weiter, denn er geht vorne und das Pferd blockiert den Weg.

Wieder wiehert das Pferd. Ben hat alle Hände voll zu tun um das Pferd zu halten. Es sträubt sich immer stärker. Kating will beruhigen: „Ben lass gut sein, es riecht etwas, lass uns vorsichtig sein. Da ist was im Busche".

Er löst die Sicherungsschlaufe vom Colt. Dann reißt sich das Pferd mit einem Aufbäumen von Ben los und rennt seitlich zwischen den Felsen weg.

Ben will hinterher, genau in dem Moment kommt um eine andere Ecke ein riesiger Braunbär. Ben bleibt stehen. Der Bär stellt sich auf und brüllt, seine Augen suchen, sofort kommt er auf Ben zu.

Dann überschlagen sich die Dinge. Kating springt an sein Pferd und reißt die Sharp aus dem Futteral und schreit: „Schieß auf die Augen."

Ben reagiert blitzschnell und trifft die Augen. Der Bär ist jetzt blind aber nicht erledigt, er fällt auf die Vordertatzen und rennt wild brüllend auf Ben los.

Kating schreit: „Schieß ihm die Nase weg, er riecht dich." Wieder reagiert Ben, die Nase des Bären blutet, die Augen bluten, aber er ist jetzt richtig wütend, er steht wieder auf und schlägt nach Ben, denn er hört Ben noch. Ben duckt sich und zieht gleichzeitig sein Bowiemesser, es hat eine etwa zehn Zoll lange Klinge.

Kating spannt inzwischen den Hahn der Sharp, das Zündhütchen fällt vom Piston herunter. Gedankenschnell nimmt er den Gürtelbeutel mit den Zündhütchen und hat eines aus seinem Beutel gerissen, er hält mit den Zähnen den Beutel fest und steckt ein Zündhütchen auf.

Der Bär überrennt Ben, dadurch rennt er in das Bowiemesser, das Ben ihm ins Herz rammt. Das Messer stoppt den Bären aber nicht. Der Schwung des Bären reißt Ben um und das Tier fällt auf ihn. Die Arme des Bären greifen im Todeskampf ins Leere. Ein Brüllen kommt noch aus dem Maul und erstirbt in einem Röcheln. Das Maul öffnet und schließt sich. Auch die Tatzen zucken noch ein wenig. Doch dann liegt der Bär still.

Kating wartet in höchster Konzentration, mit scharfem Gewehr zum Schuss bereit. Er kann Ben im Moment nicht helfen. Es kommt wie er befürchtet hat, ein zweiter Bär rast wie der Blitz um die Ecke, sieht Kating, rennt über den andern Bären hinweg mit einer wahnsinnigen Geschwindigkeit.

Wenn jetzt die Sharp versagt, denkt er sich, dann ist das mein Ende. Er bleibt ruhig, zielt, und drückt ab. Der Schuss löst sich, der Bär bleibt wie von einer Riesenfaust getroffen stehen, taumelt noch etwas rückwärts, macht wieder einen Schritt nach vorne und fällt in den Schnee.

Kating läd sofort nach und bleibt misstrauisch. Er macht einen weiten Bogen um das Tier und schießt von hinten dem Bär mit dem Gewehr ins Genick. Es geht noch einmal ein Ruck durch den Bären. Nun bleibt auch dieser liegen.

Kating wendet sich zu seinem Pferd, er nimmt eine neue Ladung aus der Tasche und läd' die Sharp erneut nach. Spannhebel nach unten, das Schloss öffnet sich, Ladung einsetzen. Spannhebel wieder schließen. Zündhütchen auf das Piston aufsetzen.

Schussbereit geht er auf den Bären unter dem Ben liegt. Er hält dem Bär das Gewehr fest an die Schläfe und drückt ab. Ein Teil des Kopfes wird abgerissen.

Mit aller Kraft versucht er den Bären von Ben herunterzuwälzen. Er wiegt bestimmt seine achthundert Pfund. Beim zweiten Versuch klappt es. Ben drückt von unten mit.

Erleichter frozzelt Ben: „Du hast dir ja ganz schön Zeit gelassen, wolltest erst noch mit seiner Frau plaudern, nicht war." Er grinst, aber das ist kaum zu erkennen, denn sein Gesicht und die Felljacke ist voller Blut vom Tier. Er zieht das Messer aus dem Bären. Seine Bewegung bleibt auf einmal stecken, er guckt hinter Kating. Dieser dreht sich um.

„Hokahey, wir grüßen den Bärentöter." Einer der drei Indianer hebt die Hand und kommt auf die beiden zu.

„Hokahey, wir grüßen auch dich tapferer Krieger. Wie ist dein Name?"

„Mein Name ist Og-ya-noun, das heißt in eurer Sprache: Wolkenkrieger, da mein Pfeil auch den höchsten Adler trifft. Wer ist dein Partner Bärentöter?"

Kating spricht für Ben: „Ich grüße dich Wolkenkrieger und deine tapferen Brüder. Mich nennt man Rättel."

„Dein Name ist mir bekannt, ich grüße auch dich tapferer Rättel."

„Wir nehmen die Bären mit, aber dir Bärentöter gehören die Zähne. Wohin wollt ihr, Bärentöter und Rättel?"

„Wir müssen den Fluss überqueren mit unseren Pferden und suchen einen Weg über die Wilden Wasser. Wir wollen nach Oklahoma City."

„Gut, wir nehmen die Bären und euch zeigen wir den Weg über die Wilden Wasser, hugh!"

Einer der Krieger ist verschwunden und erscheint im nächsten Moment mit dem Pferd von Ben wieder in dem Kreis. Er reicht Ben den Zügel, man sieht den Respekt des Indianers vor Ben in seinen Augen.

Og-ya-noun geht vor, Ben und Kating folgen ihm, zum Schluss kommen die anderen beiden Indianer.

Sie folgen den Wildspuren, aber unten am Fluss gehen die Spuren direkt ins Wasser, Wolkenkrieger biegt nach Osten ab und marschiert weiter am Ufer entlang.

Nach einer Weile sehen sie einen riesigen Baum, der über dem Wilden Wasser liegt. Ben bückt sich und wäscht sich das Gesicht mit dem Flusswasser. Das Gesicht ist verkrustet vom Bärenblut, aber langsam erkennt man ihn wieder.

Wolkenkrieger schreitet auf den Baumstamm entlang und überquert das Wasser, Kating folgt mit seinem Pferd, hinter ihm Ben. Die beiden anderen Indianer sind verschwunden, wahrscheinlich liefen sie zurück zu den Bären.

Auf der anderen Flussseite springt Wolkenkrieger vom Baum, denn hier liegt der Wurzelballen, die Pferde müssen, wie die Menschen, herunterspringen. Der Indianer läuft weiter. Nun kehrt er am Ufer wieder zurück bist er ungefähr an der Stelle ist, an dem die Wildwechselspur auf der anderen Seite in das Wasser ging.

Hier führt ein Pfad zwischen den Felsen hoch, hinauf bis auf das Hochplateau. Wolkenkrieger zeigt nach Nordosten.

„Dies ist der Weg zum großen Dorf der Wasicuns. Wenn Bärentöter wieder hier durchkommt, dann werden wir mit ihm in unserem Dorf feiern und ihm die Zähne des Bären geben. Hokahey."

Damit verschwindet Og-ya-noun, indem er im Trab wieder zurück läuft. Schnell ist er außer Sicht und verschwunden. Ben zieht seinen Revolver und prüft ihn, er macht es erst jetzt, da er nicht wusste, wie die Indianer darauf reagieren würden, wenn er plötzlich seinen Revolver zieht.

„Das ging ja leichter als ich dachte", meint Ben, nur die Wächter des Weges waren ein bisschen unfreundlich. Dafür waren die Führer sehr viel freundlicher."

Obwohl Kating todmüde ist, denkt er sich, jetzt wird er langsam gut, das gibt ihm Auftrieb, wenn er so weiter macht, kann ich ihm guten Gewissens den Sheriffposten übergeben.

Bens Pferd scheut immer noch ein bisschen, denn das Blut an Ben macht es nervös. Ben versucht sein Pferd zu beruhigen: „Du musst dich daran gewöhnen, kannst nicht einfach weglaufen, wenn dir danach ist, aber bis nach Oklahoma City hast du dich daran gewöhnt."

Er weiß, dass das Tier ihn nicht versteht, aber sein sanfter Ton wird es beruhigen.

Aus den Felsen heraus betreten sie einen größeren Wald, es hat aufgehört zu Schneien. Sie machen Rast unter einem riesigen Mammutbaum. Sie lockern die Gurte der Pferde und suchen wieder kleines Holz und machen Feuer. Bald ist der Kaffee heiß.

Die Pferde grasen ein wenig, sie scharren mit den Hufen. Da der Schnee nass ist, schieben sie den Schnee zur Seite.

„Sag mal, machen die Bären nicht Winterschlaf?"

„Das ist korrekt, aber du hast sie halt im Schlaf gestört, deswegen waren sie so sauer, es ist ja erst Oktober.

Aber *ich* habe jetzt seit vierundzwanzig Stunden nicht geschlafen, ich werde jetzt zwei Stunden schlafen, danach muss ich etwas essen. Es ist nicht mehr viel im Proviantpaket. Leider sind auch keine Bärenschinken auf dem Speisezettel, sollte dir etwas über den Weg laufen, dann schieß einfach, ich werde, wenn ich aufwache den leckeren Braten essen."

Damit zieht er sich die Decke über die Ohren und schläft mit dem Revolver in der Hand sofort ein.

Jake hat das Büro des Sheriffs immer weiter beobachtet. Immer wieder schleicht sich Mike unter das Haus. Aber nur, wenn jemand in dem Büro ist. Wenn Blood und Bones das Büro verlassen, dann verschwindet auch Mike. Was zum Teufel macht er da? Jake kann sich nur eine Möglichkeit denken und das muss er jetzt ganz genau wissen. Wenn Mike immer unter dem Haus ist, wenn sich jemand im Büro befindet, egal wer es ist, dann muss er zuerst einmal herausfinden wer ihn informiert, dass jemand ins Büro gekommen ist und zweitens, was er da unten macht und ob seine Vermutung richtig ist, dass er eine Möglichkeit geschaffen hat, das Büro abzuhören. In diesem Fall würde sich auch erklären, dass Mike hört, wenn die Personen das Büro verlassen, weil er auch selber wieder verschwindet, wenn das Büro verlassen wird.

Die Person, die Mike informiert, muss freien Blick zum Büro des Sheriffs haben und ihm irgendein Zeichen geben.

Jake kann nicht einfach hinter Mike herschleichen. Die Person die Mike informiert, würde ihn sehen und verraten. Dann wäre er aufgeflogen. Was kann er tun, Jake überlegt. Er wird sich neben dem Sheriffbüro einfach auf die Treppen setzen und die andere Straßenseite beobachten. Vielleicht fällt ihm etwas auf, denn es muss etwas geben.

Aber von dort kann er das Hotel nicht sehen, das ist wiederum schlecht. Er könnte seinen Job verlieren und das ist überhaupt nicht in seinem Interesse.

Bis jetzt hat er nur ein Versprechen vom Sheriff und der ist nicht da. Dollars hat er noch keine gesehen. Das Hotel ist vorerst wichtiger. Aber spät am Abend, nach dem Hotel könnte er dort sitzen und das fällt auch nicht so auf, als wenn er den ganzen Tag dort herumsitzt. Als Jake soweit mit seinen Überlegungen gekommen ist, weiß er was zu tun ist und macht sich auf zum Hotel. Am Abend wird er seine Beobachtungen, aber dieses mal in die andere Richtung, weiter betreiben.

Am späten Abend nach seinem Job im Hotel erreicht er seinen Posten und setzt sich in den Schatten der Veranda des Sheriffbüros.

Nun beobachtet er das Haus unter dem er immer vorher saß. Oben im ersten Stock wird eine Kerze ins Fenster gestellt. Kurz darauf kommen Blood und Bones. Als sie zum Rundgang das Büro wieder verlassen, ist die Kerze aus. Das kann Zufall sein. Morgen wird er der Sache weiter auf den Grund gehen. Es ist wirklich spät und Jake gähnt und kehrt heim.

Am nächsten Abend ist er wieder da und achtet auf das Fenster. Tatsächlich brennt dort eine Kerze. Also müsste jemand im Sheriffbüro sein, ja es brennt Licht im Büro. Wieder gehen Blood und Bones auf ihre Runde durch den Ort.

Das Licht erlischt. Für Jake ist nun alles klar, da oben im Haus ist jemand, der Mike ein Zeichen gibt. Genau wie das Mädel aus dem Hotel ihm Zeichen gibt. Jake überlegt und dann fällt ihm ein, dass dort ein neues junges Mädel zu Besuch bei ihrer Tante ist. Wer weiß, was Mike diesem Mädel erzählt hat.

Wie auch immer, er nutzt die gleichen Möglichkeiten wie Jake. Morgen Nacht wird er sich von hinten unter das Nebenhaus schleichen und versuchen seine Theorie bestätigt zu finden, dass Mike das Büro des Sheriffs abhört. Wenn dies stimmt, dann versteht er auch, warum Mike so großspurig war.

Es muss jemanden geben, für den es sehr wichtig ist, was im Sheriffbüro gesprochen wird. Deswegen wird Mike auch so gut bezahlt.

Jake hört auf nachzudenken, denn das führt zu nichts, denn morgen wird er Gewissheit haben.

Kating schläft, einmal hört er einen Schuss und ist sofort wach. Als es keine weiteren Schüsse gibt, schläft er sofort wieder ein, denn er weiß, Ben hat etwas Essbares geschossen.

Irgendwann wird er wach, sein Magen rumort, er *muss* jetzt etwas essen. Er schlägt die Decke auf und greift nach seiner Uhr, er hat vier Stunden geschlafen, er fühlt sich gut. Kating verzichtet darauf Ben Vorhaltungen zu machen, dass er ihn nicht geweckt hat, denn der Duft von einem fertigen Rehbraten und Kaffee steigen ihm in die Nase.

Es hat nicht mehr geschneit. Decke und Kleidung sind immer noch trocken und das Feuer hat ein weiteres getan.

„Na Moses, haben meine Kochkünste dich geweckt?"

„Ich hoffe für dich, dass du kein schlechter Koch bist, du weißt schlechte Köche leben nicht lange, die werden manchmal ganz zufällig erschossen!"

Ben grinst: „Na warten wir mal ab". Er gibt Kating ein Stück Fleisch, das er vom jungen Reh abgeschnitten hat.

Dieser nimmt das Messer aus der Hand von Ben und gibt ihm sein Messer: „Hast du mit diesem Messer den Bären erlegt?"

„Ja, ich hoffe das stört dich nicht, statt Bärenschinken nun Rehkeule zu bekommen."

Aber Kating hat schon vom Fleisch abgebissen und kaut. Er nickt mit dem Kopf und meint immer: „hmm, hmm." Es scheint ihm zu schmecken. Als er geschluckt hat, bestätigt er: „Was mir am besten an deinem Bärenersatzbraten gefällt ist, dass er heiß ist. Auch der Kaffee ist gut. Ich glaube, du bist kein Bauchbetrüger."

Nach einer weiteren halben Stunde brechen sie auf. Es ist inzwischen dunkel geworden.

„Wir werden die paar Meilen nach Oklahoma City in der Nacht reiten, der Schnee ist hell und wir finden den Weg. Der Himmel ist klar und der Mond kommt raus."

Das Geräusch der Hufe wird vom Schnee gedämpft, aber sie befürchten, dass sie immer noch meilenweit zu hören sein könnten.

In der Ferne heulen Wölfe: „Jetzt wird es für sie auch schwerer, der Winter kommt früh in diesem Jahr".

Kating reitet vor, Ben folgt. Kating beugt sich hin und wieder nach vorne. Er zeigt auf den Weg: „Pumaspuren. Aber nicht mehr frisch. Ich hoffe, für den müssen wir uns nicht interessieren!"

Nach etwa einer Stunde sehen sie die ersten Lichter. Zwar nur einen dünne Streifen, aber Lichter. Sie treiben nun ihre

Pferde an. Bald wird der Weg breiter und die Spuren von Pferden und Wagen mehren sich.

Sie erreichen die Stadt. Es ist fast Mitternacht. Am Mietstall halten sie an und klopfen mit dem Colt an die Tür, sie ist geschlossen, denn es ist Frost und es hat geschneit. Eine Tür geht auf und ein mürrisches Gesicht erscheint.

„Was wollen Sie, der Stall ist voll, suchen Sie woanders."

Kating nimmt zwei Dollar und drückt sie dem Mann in die Hand: „Nur für sie, falls sie doch noch zwei Plätzchen finden."

„Dafür finde ich nur einen Platz und der kostet auch zwei Dollar die Nacht!"

Kating nimmt erneut zwei Dollar in die Hand und fordert: „Das andere Pferd muss auch noch mit", dabei behält er die Dollar in der Hand, aber so dass der Stallmann sie sieht.

„Gut, fordert nun der Stallmann, geben sie her. Aber sie müssen für beide Pferde im Voraus zahlen, wie lange wollen sie bleiben?"

„Kating gibt ihm die zwei Dollar und nimmt weitere vier aus seiner Tasche.

„Für einen Tag. Wenn sie die Pferde gut versorgen, zahle ich ihnen eine Prämie. Noch was, wo ist hier ein wirklich gutes Hotel?"

Ben und Kating ziehen ihre Gewehre aus den Futteralen. Nehmen ihre Beutel vom Pferd und warten auf die Antwort. Die auch prompt kommt: „Sie sind hier genau richtig, dort schräg gegenüber ist das Palasthotel, deshalb bin ich auch ausgebucht. Ich hoffe meine Herren, sie bekommen noch ein Zimmer und ihr Partner sollte ohne seine Blutjacke hineingehen, sonst haben sie nach fünf Minuten den Scheriff am Bett."

Dann nimmt er die Zügel der beiden Pferde und führt sie in den Stall. Die Tür fällt hinter ihm zu.

„Okay, gehen wir rüber ins Hotel. Ben, wir werden uns ein Zimmer nehmen und sollte das Hotel keine Bar haben, sind wir auch mit dem Saloon zufrieden, um uns ein wenig mit den Sitten hier vertraut zu machen. Morgen früh werden wir selber den Sheriff besuchen und das Telegrafenbüro. Ich bin gespannt, ob der Sheriff uns tatsächlich in fünf Minuten besucht um deine Jacke zu inspizieren".

Sie erreichen das Hotel, alles ist ruhig. Kating schlägt auf die Klingel und ein Clerk kommt aus einem hinteren Raum gewieselt und stellt sich hinter das Anmeldepult.

„Sie wünschen?"

„Wir brauchen zwei Zimmer auf dem gleichen Flur."

„Gerne, wenn Sie sich bitte hier eintragen wollen", der Clerk sieht misstrauisch auf Bens Jacke.

Kating trägt seinen und Bens Namen in das Gästebuch ein und schreibt hinter seinem Namen: Sheriff von Wellington. Hinter dem Namen von Ben: Deputy von Wellington.

Sie bekommen die Zimmer Zweihundertdrei und Zweihundertvier im ersten Stockwerk. Die Zimmer liegen gegenüber.

Kating fragt: „Gibt es eine Bar im Haus?"

Der Clerk schüttelt den Kopf: „Nur einen Speisesaal, aber der ist jetzt auch geschlossen!"

Damit dreht er sich zur Seite und gibt die Schlüssel an Ben und Kating. Danach dreht er sich um und will nach hinten gehen.

Kating stoppt ihn: „Einen Moment noch. Ist die Postkutsche aus Kingfischer schon eingetroffen?"

„Nein, es hat zu sehr geschneit, wir erwarten sie erst morgen früh gegen etwa zehn Uhr, sagt der Postmeister und der hat den Telegrafen. Er muss es ja wissen."

Dann schlurft er wieder durch die Tür nach hinten.

Kating steigt die Treppe nach oben, Ben folgt ihm. Sie schließen die Türen auf und betreten ihre Zimmer. Nachdem sie ihr Gepäck abgelegt haben, treffen sie sich wieder auf dem Flur.

Wieder gehen sie die Treppe hinunter und treffen dort den Sheriff von Oklahoma City. Auch er ist mit seinem Deputy gekommen.

Noch auf der Treppe werden sie angesprochen:

„Sind Sie der Sheriff aus Wellington?" Kating bestätigt das.

„Wir haben Sie noch nicht erwartet, Sie sind sehr schnell gekommen. Gut, wenn Sie wollen, können wir uns im Saloon besprechen. Wir haben einen separaten Tisch. Dort sind wir ungestört. Was hat denn Ihr Deputy gemacht?"

Er zeigt mit dem Kinn auf die Jacke.

„Er ist etwas ungeschickt und ist unter einem geschossenem Tier zu liegen gekommen."

„Geben Sie mir die Jacke, ich gebe Ihnen eine andere, ich hoffe sie passt."

Der Sheriff von Oklahoma greift nach einer Jacke, die sein Deputy unter dem Arm trägt. „Ich habe mich noch nicht vorgestellt: „Rowling und das ist mein Gehilfe Coster."

Er reicht die ausgezogene Jacke seinem Gehilfen Coster, dreht sich um und marschiert voran, die Straße hinunter und biegt daraufhin in eine Seitenstraße ein und steuert zielgerade auf einen Saloon zu. Er öffnet die Tür, tritt ein, und steuert zielstrebig auf einen Tisch zu.

Der Sheriff und sein Gehilfe setzen sich. Kating und Ben nehmen sich ebenfalls einen Stuhl: „Wollen Sie was trinken?" fragt der Sheriff.

Kating schüttelt mit dem Kopf und fragt: „Was gibt es zu berichten?"

„Na gut, wir haben in Kingfischer die Kutsche erwischt, aber eine Person mit ihrer Beschreibung war nicht in der Kutsche."

Er zieht ein zusammengefaltetes Blatt Papier mit aufgeklebten Telegrammstreifen aus der Tasche. Dann liest er vor: „Es waren zwei Spieler in der Kutsche, zwei Ehepaare und ein Reisender in Sachen Damenunterwäsche", er grinst schief und meint daraufhin: „Wir haben seine Kollektion geprüft, das war auf keinen Fall unser Mann."

Kating fragt aufmerksam: „Wie sahen die beiden Spieler aus?"

Der Scheriff sieht auf sein Papier, beide hatten dunkle Anzüge an und Pelzmäntel und Pelzmützen, wie Spieler nun mal aussehen."

„Hatte einer der beiden eine Perle im Halstuch, oder punzierte Cowboystiefel?"

Wieder schaut der Sheriff in sein Papier: „Sehen sie selber. Von jedem ist eine Personenbeschreibung dabei. Ich weiß es ist nicht viel. Aber vielleicht sagt Ihnen das wenige doch etwas?"

Kating nimmt das Papier und liest es: „Ja, es sagt mir schon was. Es kann sein, dass einer der Spieler unser Mann ist. Hier steht was von Cowboystiefeln, aber nicht ob sie punziert waren. Wenn er kontrolliert wurde, weiß er, dass wir hier auf ihn warten. Wenn morgen früh um zehn Uhr die Kutsche kommt und nur ein Spieler in der Kutsche ist, dann wissen wir Bescheid. Es würde uns helfen, wenn Sie als Sheriff dieser Stadt, den Kutscher fragen würden, wo der Mann ausgestiegen ist. So können wir an der Stelle wieder mit unserer Suche anknüpfen."

Kating überlegt: „Kann der Kutscher lesen?"
Rowling nickt.

„Besser wäre es noch, wenn Sie uns einen Brief für den Kutscher gäben, so dass er uns Auskunft gibt. Nicht das er glaubt, wir wollen ihn überfallen. Wir werden ihm entgegen reiten!"

„Gut, natürlich gebe ich Ihnen das Schriftstück. Coster bringt es Ihnen ins Hotel. Wir lassen uns morgen früh überraschen, ich hoffe für Sie, dass Sie ihn finden. Gute Jagd."

Mehr gibt es nicht zu sagen. Der Sheriff und sein Deputy verlassen den Saloon.

Kating und Ben bleiben noch sitzen.

„Ein sehr hilfsbereiter Sheriff. Auch das er mir eine Jacke mitgebracht hat, war sehr freundlich."

„Ich glaube, er weiß was eine Menschenjagd ist und kann sich in uns hineindenken. Sorry, dass ich dich ungeschickt nannte, aber dass du einen Bären mit dem Messer getötet hast, hätte er uns wahrscheinlich nicht abgenommen und ihn misstrauisch gemacht."

Kating steht auf: „Komm ins Hotel. Packen wir unsere Sachen und warten auf den Deputy. Lass uns noch so viel wie mögliche schlafen! Morgen in der Frühe geht die Jagd weiter. Wir werden der Kutsche entgegen reiten."

Es ist Samstagmorgen und aus dem Haus von Kate Jenkings werden Möbel und Hausrat in das Lager des Bürgermeisters geräumt. Man hat vorne am Haus Querbretter genagelt, damit die losen Giebelhölzer nicht abfallen können. Auch im Haus sind senkrechte Stützbalken angebracht worden, um die Decke abzufangen. Über das Loch im Boden wurden starke Bohlen gelegt.

Alles nicht mehr Verwertbare wurde draußen auf ein Pferdefuhrwerk geworfen.

Kate Jenkings steht vor ihrem Haus und bestimmt, ob Dinge entsorgt werden und auf das Pferdefuhrwerk geworfen werden.

Vor dem Pferdewagen steht ein mächtiger Planwagen auf den die Dinge geladen werden, die zum Bürgermeister kommen und dort eingelagert werden. Ein Gehilfe hält alles auf einem Bogen Papier fest, was auf den großen Planwagen geladen wird, oder was einzeln in Kisten gepackt wird.

Kate friert, sie ist zwar dick angezogen, aber das Stehen in der Kälte lässt sie zittern. Ihr Atem weht wie eine Fahne, wenn sie bestimmt auf welches Fuhrwerk die Dinge geladen werden sollen.

„Guten Morgen Miss Jenkins!".

Kate dreht sich um, hinter ihr hält der Einspänner. Sie kennt ihn, hat ihn selber schon gefahren. In ihm sitzt Piet van Dyke.

„Darf ich Ihnen einen Platz im Einspänner anbieten. Sie können sitzen und sich eine Decke über die Beine legen und so ein wenig aufwärmen."

Kate überlegt nicht lange. Sie nickt und van Dyke steigt aus und hilft ihr in die Kutsche. Sie legt sich die Decke über die Beine und erwidert: „Danke, das ist sehr aufmerksam von Ihnen, ich werde es nur so lange ausnutzen bis mir wieder warm ist."

„Ich sehe, dass Sie an ihrem Haus arbeiten, das freut mich für Sie. Dann werden Sie bald wieder ein eigenes Heim haben und vielleicht kann ich ihnen ein bisschen unter die Arme greifen. Ich hatte es ihnen ja schon angeboten. Wie stehen Sie heute dazu?"

Zwei Träger kommen aus dem Haus und schleppen einen Verkaufstresen. Kate zeigt auf das Fuhrwerk vom Bürgermeister. Dann erklärt sie zu van Dyke gewandt: „Ich denke ich werde ihr Angebot annehmen. Sobald ich alle

Waren aussortiert habe und man sie sich ansehen kann, werde ich Sie benachrichtigen lassen. Ist das für Sie in Ordnung?"

„Ja, natürlich, also sind wir im Geschäft!"

„Ja, wir sind im Geschäft!"

Der Ausräumleiter kommt aus dem Haus und tritt an das Fuhrwerk.

„Miss Jenkings könnten sie bitte mal mit mir kommen in die oberen Räume. Ich brauche dort eine Entscheidung von Ihnen."

„Sie sehen ich werde gebraucht, auf Wiedersehen Mr. van Dyke."

„Auf Wiedersehen Miss Jenkins!" Der Ausräumleiter hilft ihr vom Einspänner und sie betreten das Haus.

Jake beobachtet das Treiben vor dem Haus des verstorbenen Waffenschmieds. Auch ihm ist kalt und er läuft durch die Hauptstraße, denn er kann sich nicht zu weit vom Hotel entfernen. Auch wartet er auf einen Auftrag, denn dann kann er laufen und ihm wird wärmer. Heute Abend will er unter das Nachbarhaus des Sheriffbüros kriechen und sehen was Mike dort nun wirklich tut. Es ist ihm auch unerklärlich, dass es so scheint, als sei er der einzige, der das Treiben von Mike beobachtet hat, oder man denkt sich nichts dabei. Kinder werden nicht wirklich beobachtet.

Nun das macht ihm Mut auch unter die Häuser zu kriechen, das einzige was einem da über den Weg laufen könnte wäre ein Hund oder Katze oder Ratte. Katze und Ratte würde flüchten. Für einen Hund muss er etwas zum füttern mitnehmen, damit der eventuell nicht bellt, denn das würde Mike aufmerksam machen.

Kate geht mit dem Ausräumleiter in die erste Etage. Fast alle Häuser haben hier eine erste Etage. Sie haben unten ein Geschäft oder hatten ein Geschäft. Oben sind die Privaträume.

„Miss Jenkins, sehen Sie sich doch bitte diese Räume an. Sie sind unbeschädigt, es muss nur ein wenig aufgeräumt werden, sollen wir diese Räume auch ausräumen, oder sollen sie so bleiben?"

Draußen wird noch an der Fassade gehämmert.

„Könnten Sie bitte den Zimmermann heraufbitten, ich muss wissen ob er hier arbeiten muss?"

„Natürlich Miss Jenkins, ich bin gleich wieder da."

Der Mann läuft hinunter und kommt einen Moment später mit dem Tischler wieder herauf. Man erklärt ihm die Situation.

Dieser bittet: „Einen Moment, ich muss mir die anderen Räume die beschädigt wurden ansehen. Er geht hinaus, kommt nach einem Moment zurück und beruhigt: „Nein, Sie können hier alles so lassen. Wir werden hier drinnen nicht arbeiten müssen. Er tippt an den Hut und geht wieder hinunter. Der Ausräumleiter guckt Kate Jenkings fragend an.

Sie sieht ihn an: „Ja, ja, natürlich, hier kann alles so bleiben. Richtig, dass Sie gefragt haben, es spart uns eine Menge Zeit."

Unten warten die Leute auf ihre Entscheidungen was auf welchen Wagen soll und so muss sie wieder auf die Straße. Mehrere Teile liegen vor den Wagen. Schnell bestimmt sie, welches Teil auf welchen Wagen soll und das Aufladen geht weiter.

Jake liegt hinter einem der Schornsteinfundamente. Die Häuser sind erhöht gebaut, aber der Kamin braucht ein Fundament im Boden. Er liegt da und wartet. Er hat gerade noch was Heißes getrunken, bevor er unter das Haus kroch. Alles ist gefroren und die Kälte dringt durch die Kleidung, aber er liegt unbeweglich hinter dem Fundament und wartet. Sein Herz klopft und er meint, man müsste es hören können, aber dann beruhigt er sich und lauscht weiter.

Über ihm kratzen die Stiefel wenn sie die Stufen hinauf auf den Holzsteg treten. Eine Tür wird aufgeschlossen und man hört die Tür sich öffnen und wieder ins Schloss fallen.

Dann vernimmt er ein Rascheln und das Kriechen von einem Menschen, der schwer atmet, denn es ist hart und kalt unter dem Haus. Er bemerkt, dass sich jemand leise an dem Fußboden über ihm zu schaffen macht. Kurz danach sieht Jake einen kleinen Lichtstrahl aus der Decke genau in Mikes Gesicht scheinen.

Nun hört auch er leise Stimmen, kann aber nicht genau verstehen was sie sagen. Nur eins kann er immer wieder verstehen: Sheriff und Oklahoma.

Jake durchströmt ein Triumpfgefühl. Jetzt weiß er genau was Mike macht, das wird den Sheriff einiges kosten. Er hofft der Sheriff ist fair und wird ihm den Preis, seinen Preis bezahlen.

Wieder hört er Schritte, die Tür fällt zu und die Schritte entfernen sich auf dem Holzfußweg. Das Licht auf Mikes Gesicht erlischt. Jetzt kriecht Mike auf ihn zu. Jakes Herz beginnt wieder zu rasen. Nun wird es brenzlich, sein Hochgefühl weicht einer leichten Angst. Wenn Mike ihn hier erwischt, was soll er sagen? Darüber hatte er sich keine Gedanken gemacht.

Immer noch pocht sein Herz, er versucht den Atem anzuhalten um wirklich nicht gehört zu werden. Mike kriecht immer weiter auf das Kaminfundament zu. Jake hört das Schnaufen von Mike, was tun? Direkt vor dem Kamin, hinter dem Jake liegt, biegt Mike dann ab und verschwindet hinter dem Haus in der Dunkelheit.

Jake weiß nicht wie ihm geschieht, innen ist ihm heiß und außen kalt. Es wird Zeit, dass ich auch verschwinde, denkt er erleichtert und er kriecht zum Rand des Hauses. Jake sieht nach rechts und links. Es ist niemand zu sehen und auch er verschwindet in der Nacht.

Kating rechnet. Um zehn soll die Kutsche hier sein. Gegen sieben wird sie das letzte Mal auf der Pferdewechselstation die Pferde tauschen für die letzten zwanzig Meilen. Wenn sie um sieben bei der Station sein wollen, dann müssen sie um vier hier los. Es ist jetzt ein Uhr.

Sie legen sich auf die Betten und schlafen wieder zwei Stunden. Kating wird wach. Sie stehen auf, überprüfen ihre Waffen, nehmen ihre Sachen und gehen hinunter zur Anmeldung.

Kating schlägt auf die Tischglocke und der Clerk wieselt wieder aus dem Zimmer hinter dem Anmeldepult.

„Wir müssen los, was kosten die Zimmer?" Kating sieht den Clerk fragend an.

„Sir", erklärt dieser: „Die Rechnung trägt der Sheriff und ich soll Sie fragen ob Sie die Zimmer noch brauchen, wenn ja, bleiben sie zu ihrer Verfügung. Und noch was, sollten Sie frische Pferde brauchen, auch die Kosten trägt der Sheriff, Sie sollen nur im Mietstall gegenüber sagen, dass Sie vom Sheriff kommen."

„Ja, wir brauchen die Zimmer noch, danke." Ben und Kating beeilen sich aus dem Hotel und rüber zum Mietstall zu kommen. Ihre Schritte knirschen im Schnee. Ihr Atem weht vor ihnen hin. Sie erreichen den Mietstall.

Ein weiteres Mal schlägt er mit dem Colt an die Tür. Wieder guckt das grimmige Gesicht aus der Tür: „Oh man! Sie lassen wohl nie jemanden schlafen?"

„Wir kommen vom Sheriff Rowling und brauchen zwei frische Pferde."

Nun öffnet sich die Tür schnell, der Stallmann ist jetzt hellwach und führt sie zu zwei wirklich guten Pferden, das sieht Kating auf einen Blick, richtige Renner. Ihre Sättel liegen auf einer Querstange bei ihren Pferden auf denen sie gekommen sind. Sie nehmen sie und legen sie den neuen Pferden auf. Sie stecken die Gewehre in die Scabbards und sitzen auf.

Alles geht schweigend vonstatten, der Stallmann öffnet die Türen weit und die beiden reiten hinaus in die Kälte. Der Schnee ist gefroren, aber so tief das die Pferde Halt haben und so reiten sie langsam aus der Stadt.

Sie nehmen die Straße nach Kingfischer, und reiten nun schneller, denn sie wollen die Kutsche dort abfangen. Seit Tagen hatten sie nicht die Zeit sich zu rasieren und der Atem gefriert an ihrem Bart. Der Mond steht kalt am Himmel und beleuchtet ihren Weg. Sie hören das Knarren des Leders und das Schlagen der Futterale an den Pferden. Schweigend jagen sie dahin. Wenn es ihnen nicht gelingt Stuart zu verhaften, wird er in der Wildnis verschwinden und vorerst davonkommen.

Der Wind ist eisig und frisst sich durch die Kleidung, die Schultern werden kalt, immer wieder bewegen sie ihre Schultern um sie durch Bewegung warm zu halten.

In den Taschen von Bens neuer Jacke befinden sich Fellhandschuhe. Die Hände bleiben so warm. Bei Gefahr kann man schneller schießen, da die Hände nicht steif gefroren sind. So reiten sie durch die Nacht.

Nach einigen Stunden kommen sie eine Anhöhe hinauf, der Weg windet sich an Felsen hinauf bis zur Wasserscheide. Der Mond sorgt für schwarze Schatten, fast wie am Tag. Oben angekommen können sie das ganze Tal überblicken. Sie verweilen dort. Kating zieht die Hände aus den Handschuhen und fasst unter seine Pelzjacke. Seine Taschenuhr zeigt sechs Uhr dreißig an.

Ben stößt ihn an und zeigt schweigend ins Tal. Sie sehen ganz weit, noch unten im Tal, einen Reiter kommen.

Kating und Ben stehen im Schatten der Felsen. Der Sheriff steckt seine Uhr wieder unter seine Jacke weg und knurrt: „Wenn das nicht Stuart ist, fresse ich einen Ackergaul samt Pflug. Die Kutsche ist schon an der Station und die Gäste machen Pause, die Pferde werden gewechselt und Stuard hat sich ein Pferd gekauft. Bevor die Kutsche weiterfährt ist er schon losgeritten. Er ist nicht dumm, der weiß, dass wir ihn erwarten. Ich frage mich nur, wo er jetzt hinwill. Wir werden hier auf ihn warten, ich hoffe er trifft hier bald ein."

Sie steigen vom ihren Tieren und reiben die Pferde ab, die Schweißflocken auf den Pferden könnten sie krank machen, wenn sie nun in der Kälte stehen bleiben. Hier oben weht ein leichter Wind, der alles noch eisiger macht. Nachdem sie ihre Pferde trocken gerieben haben, ist der Reiter schon in der Steigung zu ihnen nach oben.

Durch das Abreiben ihrer Pferde ist auch ihnen warm geworden. Die Hände sind wieder durchblutet und warm.

Kating geht an seinen Vorratsbeutel und nimmt einen kleinen Beutel heraus. Er bindet sich ihn unter das rechte Knie über die Wade und stellt sich auf den Weg, der vom Mondlicht voll beleuchtet wird. Ben bleibt hinter den Felsen, er wird sich hinter den Reiter stellen, zurück kommt er nicht und nach vorn steht Kating.

Der Gunman kommt auf der Steigung langsam über die Kuppe geritten. Kating steht auf der Straße.

Der Reiter hält an, schaut sich um. Kating erkennt die Stiefel, es sind Cowboystiefel und sie sind punziert. Ben steht mit seinem Pferd schräg hinter Stuard.

Kating ruft: „Es ist aus Ringo Stuart! Steigen sie vom Pferd oder wir schießen es hier und jetzt aus!"

Stuart lenkt sein Pferd ein wenig nach links um besser auf Kating schießen zu können. Kating erkennt es und rüttelt sein linkes Bein. Gleichzeitig zieht er den Revolver. Ein Rasseln von einer Klapperschlange ertönt. Das Pferd von Stuart steigt in dem Moment in dem er seinen Revolver zieht. Kating guckt ins Mündungsfeuer von Stuard und schießt einen Bruchteil einer Sekunde später. Stuard wird voll getroffen, die Kugel des Gunman durchschlägt die Felljacke von Kating an der Seite und fetzt die Jacke hinten auf.

Stuart fällt vom Pferd und schlägt hart auf. Sein Revolver ist ihm entfallen. Er liegt am Boden und Kating kommt auf ihn zu.

„Du bist Rättel, jetzt erkenne ich dich mit deiner Rassel und deinem Vollbart", stöhnt er. „Du hast mir keine Chance gelassen, verdammt."

Kating sieht auf ihn herab: „Du bist zu gut, ich *konnte* dir keine Chance lassen! Denn selbst der letzte Schuss war ein Meisterschuss!"

„Also bin ich schneller als du", er grinst voll Zufriedenheit mit vor Schmerz verzerrtem Gesicht.

„Ich habe dich vor dem Krieg mal gesehen, dachte aber der Krieg hat dich verschlungen." Er stöhnt, Blut läuft aus seinem Mund.

„Ringo, sagen Sie mir die Wahrheit, haben Sie das Haus von Jenkings in die Luft sprengen lassen?"

Stuart fragt irritiert: „Wer ist Jenkins? …ah der Vater von Kate. Nein, ich kannte ihn gar nicht und Kate hat mir nicht mal das Haus gezeigt. Ich habe es erst gesehen als es zerstört war. Nein", er hustet Blut: „Nein, damit habe ich nichts zu tun." seine Stimme wird leiser: „Warum sollte ich jetzt noch lügen. Sagen sie Kate…..", er atmet aus und ist tot.

Ben ist dazu getreten. Auch er hat gehört, was Stuart gesagt hat. Ben und Kating sehen sich an.

„Teufel auch, jetzt verstehe ich gar nichts mehr, wer zum Teufel hat das Haus und Jenkings auf dem Gewissen."

Der Wind wird stärker, sie beginnen zu frösteln.

„Lass uns den Toten gerade hinlegen, sonst friert er in dieser Stellung fest. So bekommen wir ihn nicht auf die Postkutsche.

Kating durchsucht ihn und fördert Packen von Geld aus seiner Kleidung zu Tage. Direkt auf der Haut hat er einen Geldgürtel in den Goldmünzen stecken. Er nimmt alles an sich und legt es zur Seite. Sie ziehen die Beine lang und klappen die Arme an den Körper und legen ihn seitlich an die Straße.

Im Tal ist die Postkutsche zu sehen. Kating nimmt das Geld und tritt an das Pferd von Stuart und guckt in die Satteltaschen. Auch hier ist noch viel Geld vorhanden. Er steckt das Geld zu den anderen Scheinen. Er hebt die Taschen vom Pferd und trägt sie zu seinem eigenen Reittier.

Er wirft sie über den Hals des Pferdes und steigt auf. Ben und er reiten ein wenig zurück um es der Kutsche zu ermöglichen auf der Kuppe zum Stehen zu kommen. Sie stellen sich mit ihren Pferden auf die Straße, sie heben die Hände, halten beide Hände mit den Handflächen zur Kutsche.

Kating hat das Schreiben vom Sheriff Rowling in der Hand. Der Kutscher kommt mit der Kutsche auf die Wasserscheide. Er sieht die beiden mit erhobenen Händen.

Der Begleitmann hält die Schrotflinte in der Hand und zielt auf sie. Er ruft brrr, ihr Biester, halt, halt!

Er ruft die beiden an: „Du da mit dem Papier, ganz langsam zu mir und keine falsche Bewegung."

Inzwischen hat auch der Kutscher ein Gewehr in der Hand. Kating kommt langsam heran geritten und hält dem Kutscher das Papier hin. Dieser nimmt das Papier und hält es so, dass das Mondlicht auf den Brief scheint. Aber das Gewehr zeigt weiterhin auf Kating. Er liest langsam.

„Was soll ich euch denn erzählen?", er gibt Kating das Papier wieder zurück. Kating entgegnet: „Ein Stück weiter zurück liegt ein toter Mann. Ihr kennt ihn, er ist eine Weile mit euch gereist, hat sich dann aber an der letzten Station ein Pferd gekauft. Er war ein Bandit. Wir haben ihn gestellt. Nehmt ihn mit auf der Kutsche oder in der Kutsche, wo ihr Platz habt. Er wird in Oklahoma City begraben werden. Wir kommen hinter euch her und werden dem Sheriff Bericht erstatten. So, ich will euch nicht weiter aufhalten. Gute Fahrt."

Kating dreht sein Pferd um und reitet zu Ben, auch dieser dreht sein Pferd um, dann reiten sie langsam in Richtung Oklahoma City zurück. Sie hören noch den Kutscher schimpfen. Er und sein Begleitmann müssen nun eine Leiche mitnehmen, aber das ist nicht mehr Katings und Bens Sache. Sie wollen nur noch ins Hotel und schlafen, danach sich rasieren lassen und baden, nur diese Gedanken halten sie noch auf ihren Pferden.

„Dein Kriegsname ist also Rättel, weil du mit der Klapperschlangenrassel arbeitest. Du hast es mir nie gesagt, darum hat dich auch Weißer Bär so genannt, nun verstehe ich es. "

„Gut Ben, aber tue mir einen Gefallen und vergiss ihn wieder. Ringo Stuart wird anonym beerdigt werden. Ich will nicht, dass mein Kriegsname wieder auflebt, weil ein Ringo Stuard von mir erschossen wurde."

Nach kurzem Grübeln fährt er fort: „Weißer Bär wird dich wahrscheinlich demnächst, wenn du ihm begegnest Bärentöter nennen. Du hast jetzt auch deinen Kriegsnamen."

Der Wind kommt nun von hinten und schiebt sie mit vorwärts. Durch das Loch in der Jacke pustet der Wind unangenehm. Sie lassen ihre Pferde langsam laufen, denn die Pferde haben schon eine weite Strecke hinter sich, doch diese Tiere sind Renner und werden auch den Weg wieder zurück schaffen, dank Sheriff Rowling.

Nach einer Weile werden sie von der Postkutsche eingeholt. Sie hat nun Verspätung und der Kutscher holt alles aus seinen Pferden um die Verspätung aufzuholen.

Die Kutsche rumpelt wie ein großer schwarzer Schatten an ihnen vorbei. Die Räder knirschen durch den gefrorenen Schnee. Der Mond scheint kalt von oben herab. Oben auf der Kutsche sehen sie ein paar Cowboystiefel an der Reling liegen, die sich mit dem Rütteln der Kutsche bewegen, beschienen durch den kalten Mondschein. Diese sind punziert.

Es ist elf Uhr als sie Oklahoma erreichen. Sie halten vor dem Sheriffbüro und binden ihre Pferde an den Querholmen vor dessen Büro. Kating nimmt die Satteltasche und betritt das Büro. Ben folgt ihm.

Sheriff Rowling sitzt hinter seinem Schreibtisch. Der Ofen bollert in der Ecke und gibt eine Gluthitze von sich.

Sofort kommt ihnen der Schweiß aus allen Poren. Beide ziehen fast gleichzeitig die Jacke aus.

„Guten Morgen Sheriff".

„Guten Morgen Kating, guten Morgen Adams. Gute Arbeit! Ich habe Sie beide schon erwartet. Den toten Stuart brachten wir zum Totengräber. Von der Postkutsche wusste niemand wie er heißt, so soll es auch bleiben. Wir werden ihn anonym beerdigen. Ich denke, das ist in Ihrem Sinne?"

„Ja, so hatte ich es mir auch gedacht". Kating dreht sich eine Zigarette und murmelt zu sich selbst: „Ich weiß gar nicht wann ich die letzte Zigarette geraucht habe".

Er zündet sie sich mit seinen Streichhölzern aus der Westentasche an und macht einen Zug, dann spricht er weiter: „Wir haben die Beute von Ringo Stuard."

Er legt die Tasche mit dem Geld auf den Schreibtisch und setzt sich. Ben setzt sich neben ihn.

„Wir sollten das Geld zählen und dann geben sie mir eine Bestätigung für die Summe des Geldes. Auf diese Weise hat alles seine Ordnung".

Sheriff Rowling holt das Geld aus der Tasche und fängt an zu zählen. Kating zählt das Geld, das der Sheriff gezählt hat noch einmal. Nach etwa zehn Minuten sind beide zu dem gleichen Ergebnis gekommen. Es sind einhundertelftausend Dollar. Es ist das gestohlene Geld plus seiner eigenen Barschaft. Er muss also mindestens elftausend Dollar eigenes Geld gehabt haben. Er war ein Spieler und dieses Spiel hat er verloren. Gestohlen wurden nur einhunderttausend Dollar. Das Restgeld geht wohl an die Stadtkasse, davon kann Ringo beerdigt werden".

Rowling nickt und zählt elftausend Dollar ab.

„Wir werden auch noch die Postkutsche und das Telegrafenbüro befragen, was sie für Unkosten hatten".

Er wendet sich an Ben und erklärt: „Heute Abend, wenn Sie ausgeschlafen sind, können Sie Ihre eigene Jacke wiederbekommen. Sie wird heute gereinigt und getrocknet. Ihre Jacke wird Ihnen ins Hotel gebracht, meine Jacke und die Handschuhe lassen Sie im Hotel. Auch das Schriftstück über die Summe der Beute kommt zu Ihnen ins Hotel. Ich gehe davon aus, dass Sie die Pferde wieder umtauschen im Mietstall. Haben sie noch Fragen?"

Kating und Ben sehen sich an: „Was passiert mit dem Geld von Kate Jenkings?"

„Das zahle ich auf unserer Bank auf den Namen Kate Jenkings ein, wohnhaft in Wellington Texas. Das Geld wird dann in der Bank von Wellington zur Verfügung stehen. Sonst noch Fragen?"

Kating steht auf: „Nein, keine mehr. Danke für die Unterstützung, auf Wiedersehen."

Ja, wie soll es nun weiter gehen fragen sich die beiden Sheriffs. Sie hatten zwar Ringo Stuard gestellt, die Beute sichergestellt und einen Erfolg erzielt, aber sie waren nun der Ursache der Explosion des Hauses von Jenkings keinen Schritt näher gekommen. Sie schliefen sich in Oklahoma City erst einmal richtig aus, badeten, und ließen sich rasieren. Nachdem sie einige vernünftige Malzeiten zu sich genommen hatten. Beide verloren bestimmt zehn Pfund an Gewicht durch die Jagd auf Stuart.

Nach kurzer Beratschlagung kommen sie überein mit der Postkutsche zurückzukehren. Kating holt seinen Appaloosa an der Poststation vor Wellington ab. Den Wirtsleuten wird ausführlich berichtet, dass der Täter gefunden und erschossen wurde. So brauchen sie keine Angst vor einer eventuellen Rache fürchten. Nach einem weiteren guten

Essen und einer langen Pause machen sie sich wieder auf den Heimweg.

Beide reiten sie in Wellington ein und wenden sich gleich dem Mietstall zu. Kating steckt wieder seinen Sheriffstern an.

Es ist noch kälter geworden und der Mietstall ist geschlossen. Wieder klopft Kating mit dem Revolver gegen die Tür. Es ist früher Vormittag. Die Tür geht auf und Shorty kommt raus.

„Ha, der Sheriff und ich weiß mal wieder von nichts. Kommt hier so mir nichts dir nichts herein und ich werde nicht benachrichtigt. Ja, aber das kenne ich ja schon. Was darf's denn sein? Ein neues Pferd oder….."

„Shorty, halt die Luft an, wir sind gerade erst gekommen, noch niemand weiß, dass wir da sind, du bist der erste. Also bist du auch der erste der informiert ist. Hast du das jetzt begriffen?"

„Ja ja, hackt mal immer auf mir herum, ich kann es ja aushalten. Man sagt ja nur mal seine Meinung, und was ist? Es ist falsch…"

Er greift die Zügel der Pferde und bringt sie in den Stall. Ben und Kating nehmen ihre Sachen und marschieren zum Sheriffbüro.

Der Schnee geht bis an die Knöchel, aber es gibt tausend Pferde- und Wagenspuren, die haben den Schnee teilweise festgefahren. Auch diese Riefen sind gefroren und man muss immer wieder über Kanten treten, mit den Cowboystiefeln ist es nicht leicht, aber sie kommen im Büro an.

Der Ofen ist an und sie setzen sich. Beide ziehen ihre Jacken aus. Ben bietet an: „Ich nehme deine Jacke mit zu Carol, Moses. Sie wird sie wieder zunähen. Spätestens morgen Abend hast du sie wieder".

Kating nickt und sieht sich die Post an. Steckbriefe und andere Post. Von einem Steckbrief kommt ihm das Gesicht bekannt vor, aber er weiß nicht woher und blättert weiter.

„Die tägliche Routine hat uns wieder, geh du zu deiner Carol, damit sie nicht noch eine Vermisstenanzeige wegen dir aufgibt, denn ich habe noch zu tun, hmm? Na, geh' schon."

Als Ben draußen ist, lehnt sich der Sheriff mit seinem Stuhl weit zurück, bis er mit der Lehne an den Schrank hinter ihm kommt. Dann legt er die Füße auf den Tisch und will jetzt erst mal alles noch einmal tief überdenken.

Fünf Minuten später ist er eingeschlafen. Er träumt von einem Riesenwolf der über und über mit Waffen bestückt ist und mit einem Riesencolt auf sein Büro schießt, das Büro fliegt in die Luft und er schießt immer weiter und weiter…

Kating wacht auf, verdammt was klopft denn hier so ununterbrochen. Es klopf und klopf: „Ja, kommen Sie rein." Aber niemand kommt. Nun erst wird er richtig wach. Mein Gott denkt er, was war das für ein Traum.

Er nimmt die Füße vom Tisch und will losgehen, aber das eine Bein ist eingeschlafen. Er knickt weg und hält sich am Schreibisch fest. Er humpelt zum Ofen, es ist noch Glut im Ofen, er legt Holz nach und setzt sich auf seine Pritsche. Immer noch hängt er dem Traum nach.

Immer noch klopft es. Nachdem er sein Bein noch einmal ausgeschüttelt hat, geht er zur Tür und schaut auf die Straße. Nun kann er das Klopfen lokalisieren. An Kate Jenkings Haus wird gearbeitet. Die Fassade ist fast schon wieder geschlossen. Die Vordertür wird gerade eingepasst.

Es hat sich eine Menge getan, als er nicht da war. Gut, denkt er, dass das Haus wieder aufgebaut wird. Es wäre unerträglich gewesen, eine Ruine mitten in der Stadt. Aber was macht er sich darüber Gedanken, das ist Sache des Bürgermeisters.

Er wendet sich wieder seinem Büro zu, das erinnert ihn daran, dass er immer noch ein ungelöstes Problem hat.

Wer ist für Jenkings Tod verantwortlich. Fangen wir noch mal von vorne an. Wer hat den größten Nutzen vom Tod Jenkings. Wieder landet er bei Kate Jenkins. Er wischt den Gedanken zur Seite, wen sollte sie angeheuert haben um das zu tun. Sie war mit Ringo liiert, aber der wusste auch von nichts. Es muss da noch jemand geben, der Bürgermeister?

Blödsinn, was hat der damit zu tun. Er wischt den Gedanken zur Seite. Es wird Zeit, dass ich in der Stadt nach den Rechten sehe und mich wieder blicken lasse. Ach ja, die Pelzjacke. Die ist nicht da. Gut, wird er eben schnell von einem zum anderen gehen. Aber zuerst wird er den Saloon besuchen und ein verspätetes Frühstück zu sich nehmen.

So kommt er mit seinen Gedanken zu einem vorläufigen Ende und geht hinaus. Es ist wirklich kalt und er bewältigt die kurze Strecke über den Holzfußweg zum Saloon.

Er betritt ihn und es ist auch hier geheizt. Also setzt er sich auf seinen Platz.

„John was gibt es neues, ich war ein paar Tage nicht hier, wie du weißt. Gibt es etwas was ich wissen muss?"

John, der Wirt nimmt seinen Wischlappen und legt ihn mit einem Schwung über seine Schulter: „Du willst was essen?" Er macht die Geste mit der Hand zum Mund.

„Irgendwo von muss ich auch leben." Kating nickt mit dem Kopf und bestellt: „Ein Frühstück mit Kaffee."

„Gut", der Wirt wendet sich zur Seite zum Durchgang und ruft in die Küche: „Der Sheriff ist wieder da, einmal Brot mit Spiegelei und Speck!" Zum Sheriff gewandt bemerkt er: „Du siehst mager aus, es war wohl ein wenig strapaziös." Wobei er das Wort unverhältnismäßig dehnt.

Kating versteht schon, der Wirt ist neugierig und will wissen was passiert ist. Aber Kating ignoriert das und fordert den Wirt auf: „Erzähl mir lieber was hier los war, das ist mir wichtig."

Der Wirt, der keinen anderen Gast im Moment außer dem Sheriff hat, kommt zum Tisch und setzt sich dem Sheriff gegenüber.

„Die Jenkings hat einen Deal mit dem Bürgermeister gemacht. Er hat den Auftrag bekommen, das Haus auszuräumen und alle brauchbaren Güter und Waren in seinem Lager einzulagern.

Dann soll er ein Gutachten über den Wert der Waren machen, nachdem er sie alle eingehend gesichtet hat." Er kratzt sich am Kopf: „Das hat er bisher noch nicht!

Dann haben der Zimmermann und der Tischler den Auftrag von der Jenkings bekommen, das Haus wieder in Stand zu setzen.

Beinahe hätten die beiden keine Zeit für mein Fenster gehabt, aber meine Argumente, dass sie dann bei mir nicht mehr ins Lokal dürfen, hat sie überzeugt. Auch der Glaser hatte noch Scheiben.

Also weiter, da ist da noch etwas, was ich nicht so richtig einordnen kann. Am Samstag kam ein Fremder mit dem Einspänner vom Mietstall. Er sprach mit der Jenkings und sie setzte sich einen Augenblick mit ihm in den Einspänner und sprach mit dem Mann.

Es war jedenfalls kein Handwerker hier aus Wellington, das ist sicher. Ansonsten war hier nichts los. Das ist alles was mir aufgefallen ist. War auch nicht schwer, denn es war vor meiner Nase."

Damit erhebt sich der Wirt und schlurft mit aller Zeit der Welt hinter seinen Tresen, denn von dort aus hat er einen besseren Blick aus seinen Fenstern.

Maria bringt das Frühstück, hübsch wie immer.

„Schön, dass Sie wieder da sind", bemerkt sie höflich lächelnd. Sie stellt das Essen und den Kaffee vor den Sheriff auf den Tisch.

„Ich habe mit der Erbin vom gesprochen, sie wird uns den Schaden ersetzen!"

Kating lächelt schmal und fragt: „Und wie hast du, Maria, denn Miss Jenkings überzeugt?"

„Ich habe von meinem Vater gelernt. Ich sagte ihr, wenn sie nicht bezahlt, dann erzähle ich jedem im Saloon der es hören will, dass sie ihre Schulden nicht bezahlt. Wenn das die Handwerker hören, kann sie hundert Jahre auf sie warten. Ich glaube, dass hat sie überzeugt."

Ohne eine Miene zu verziehen beginnt Kating zu essen und denkt, ich glaube die beiden werden keine Freundinnen. Er weiß nun etwas mehr darüber, was in den vergangenen Tagen hier passiert ist. Das Essen ist wie immer gut.

Nach dem Essen steht er auf und geht aus dem Saloon weiter zum Bürgermeister. Er betritt den Laden, sieht die Verkäuferin und tippt an seine Hut: „Ist der Bürgermeister hinten?"

Sie nickt mit dem Kopf und Kating geht weiter in das Lager. Hier riecht es nach allen Düften der Erde.

Er schaut sich um und dann entdeckt er den Bürgermeister, der an mehreren Kisten steht. Einige sind offen. Der Bürgermeister erkennt Kating und kommt auf ihn zu. Er schiebt seinen dicken Bauch vor sich her.

„Ah Sheriff, sie sind wieder da. Gut, sehr gut. Konnten sie etwas erreichen?"

Kating gibt einen kurzen Bericht ab, dass sie das Geld wieder haben. Sogar vollzählig und es bereits wieder auf dem Konto von Miss Jenkings ist.

„Das freut mich, Sheriff. Ich hoffe wir werden eine gute Bürgerin bekommen. Sehen sie sich das an. Das sind die

Waren von Miss Jenkings. Diese dort sind ganz normale Waffen, aber hier in dieser Kiste sind Dinge, die ich einfach nicht einschätzen kann. Ich sehe zwar, dass es Gewehrschlösser sind, aber irgendwie nicht normal. Das kann wohl nur ein Waffenschmied verstehen. Aber wie soll ich das bewerten? Aber das wird wiederum Sie sicher nicht interessieren. Ich werde mir Rat holen müssen. Na, lassen wir die Arbeit für einen Moment sein, kommen Sie, trinken wir einen kleinen auf ihre Heimkunft."

Hoffnungsvoll blickt er auf den Sheriff.

„Gut, stoßen wir an auf unsere erfolgreiche Mission."

Erfreut fast der Bürgermeister den Scheriff am Arm und sagt eifrig: „Ja, gehen wir in mein Büro."

Drei Sherrys später verabschiedet sich der Scheriff vom Bürgermeister und da er gerade in der Nähe des Postbüros und Telegrafen ist, geht er rüber und spricht mit dem Postmeister Scott Connery.

Kating bedankt sich, dass alles so gut geklappt hat mit der Kommunikation über den Telegrafen.

Als nächstes will er wieder zurück. Er läuft am Geschäft der Schneiderin Carol Winter vorbei. Er sieht sie hinter der Schaufensterscheibe und grüßt. Sein Weg führt ihn jetzt weiter hin zum Hotel. Er tritt ein und fragt den Clerk nach der Zimmernummer von Miss Jenkings. Dieser sieht sich um und entgegnet: „Miss Jenkings ist nicht auf ihrem Zimmer. Sie wird wohl im Speiseraum sein."

Kating sieht auf die große Standuhr in der Lobby des Hotels. Es ist schon Nachmittag. Er wendet sich jetzt in Richtung Speisesaal, schreitet den Flur entlang, als ihm Jake über den Weg läuft. Der bleibt stehen und spricht den Sheriff an: „Ich muss dringend mit Ihnen sprechen."

Kating nickt: „Ja gut, komm in mein Büro!"

„Nein, Sheriff das geht nicht, treffen wir uns am Mietstall, am Corral gegen einundzwanzig Uhr".

Kating runzelt die Stirn, gibt dann aber nach: „Gut, wie du willst, ich werde da sein."

Jake hat es eilig und ist schnell hinter der nächsten Ecke verschwunden. Lausebengel, denkt sich Kating und betritt den Speisesaal.

Er schaut sich um und erblickt Kate Jenkings an einem Tisch. Gerade erhebt sich ein anderer Gast von ihrem Tisch und geht. Der Scheriff nimmt seinen Hut ab und tritt heran: „Guten Appetit Miss Jenkins, darf ich mich einen Augenblick zu Ihnen setzen. Ich habe Nachricht für Sie."

Kate blickt auf: „Ah ja, Sheriff. Natürlich setzen Sie sich". Sie macht eine einladende Geste und schaut ihn erwartungsvoll an: „Sie sind wieder in der Stadt. Was wollen Sie mir berichten?"

„Nun, Miss Jenkings", der Sheriff setzt sich: „Ich habe eine gute und eine weniger gute Nachricht für Sie. Ringo Stuard ist tot."

Kate zuckt zusammen.

„Es tut mir leid, ich weiß sie haben ihn gekannt. Ich werde ihnen ersparen wie er starb, aber falls es Sie tröstet, er wird gut beerdigt in Oklahoma. Die zweite Nachricht ist: Ihr gesamtes geraubtes Vermögen ist zurück und bereits wieder auf ihrem Konto zu ihrer Verfügung."

„Sind Sie sicher?" Fragt Kate Jenkings erregt.

„Sie sind sich ganz sicher. Das ist wirklich eine gute Nachricht".

Sie pustet sich ein Haarsträhne aus dem Gesicht.

„Ich bin ganz aufgeregt."

„Ich habe nun auch noch eine Frage an sie. Der Bürgermeister berichtete mir, dass Sie über die Waren ihres Vaters ein Gutachten erstellt haben möchten. Was wollen Sie damit anfangen. Haben Sie schon einen Käufer? Oder wollen Sie den Laden ihres Vaters selber weiterführen?"

der Sheriff dreht seine Hut in der Hand, da der Tisch mit Essen gedeckt ist, kann er ihn nirgends ablegen und es sind nur zwei Stühle vorhanden.

„Nun, ja. Sagen wir mal so. Ich habe ein Angebot bekommen von einem Waffenlieferanten, der mir die Waren meines Vaters abnehmen will. Er wohnt hier im Hotel und ist mit der gleichen Kutsche angereist wie damals Ringo.

Aber um einigermaßen über den Wert der Waren Bescheid zu wissen, bat ich den Bürgermeister, der mir ja auch schon beim Auf- und Ausräumen des Hauses behilflich war, um ein Gutachten."

„Danke Miss Jenkins, noch eine Frage: Wie heißt der Waffenaufkäufer?"

„Das ist Mr. van Dyke. Er war vorhin gerade hier am Tisch, vielleicht haben Sie ihn noch gesehen?"

„Danke Miss Jenkins. Ich hoffe, Sie werden sich in unserer Stadt wohlfühlen. Sie gehören nun zu uns, und ich hoffe, Sie haben erkannt, dass wir das Mögliche tun um Sie zu schützen. Auf Wiedersehen."

Als er aus dem Hotel tritt, trifft ihn die Kälte wieder wie ein Schlag.

„Ich brauche unbedingt meine Jacke heute Abend für Jake", brummt er vor sich hin, und wendet er sich der Bank zu.

Als letztes aber nicht als unwichtigstes muss er mit Nathan sprechen. Vor dem Gebäude ist der Holzbürgersteig sauber gefegt und es liegt ein Teppich über alle Stufen, damit man nicht auf dem nassen Holz der Stufen ausgleiten kann.

Er betritt die Bank, und läuft direkt zum Büro des Bankdirektors Hopkins. Er öffnet die Tür und schaut herein: „Hast du Zeit? Oder wartet ein Kunde auf dich?"

„Komm rein Moses, ich habe schon auf dich gewartet. Nimm Platz. Einen Whiskey? Zigarre?"

„Whiskey ja, es ist kalt draußen und eine Zigarre nehme ich auch gern!"

Kating setzt sich Hopkins gegenüber auf den schweren Sessel. Auch ihm gibt er einen kurzen Bericht über die Jagd ab und endet mit den Worten.

„Ich weiß nun, dass es nicht Stuart war, der dafür sorgte, dass Jenkings in die Luft flog. Auch für Miss Jenkings sehe ich kein Motiv. Ich habe jetzt nur noch einen klitzekleinen Strohhalm an den ich mich klammern kann und das ist Jake. Er hat Informationen für mich. Ich werde ihn heute Abend treffen.

Hast du schon Nachricht, dass das Geld von Miss Jenkings eingetroffen ist?"

Kating zündet sich seine Zigarre mit den Streichhölzern aus seiner Weste an.

„Moment, ich werde gleich mal nachfragen, wir haben heute Telegramme bekommen. Vielleicht ist eines Miss Jenkings betreffend dabei."

Er ist schon aus der Tür und kehrt nach einem Moment wieder zurück. Kating hat inzwischen an der Zigarre genuckelt und findet sie wunderbar. Wie lange hat er keine so gute Zigarre mehr gehabt. Das müssen Jahre her sein. Nein es sind nur Tage, aber es kommt ihm vor als wären es Jahre.

Hopkins setzt sich: „Ja, es ist ein Telegramm der Bank in Oklahoma City dabei, das Geld ist für Miss Jenkings eingezahlt worden. Sie ist jetzt eine der reichsten Bürgerinnen unserer Stadt."

„Jonathan ich danke dir. Ich werde nun bei Blood und Bones im Gefängnis vorbeischauen und ihnen mitteilen, dass ich morgen wieder die Rundgänge mit Ben aufnehmen werde. Heute dürfen sie noch einmal den Gang absolvieren.

Sollte ich neue Informationen haben, gebe ich dir Nachricht. So long!"

Kating verlässt die Bank und steht erneut in der Kälte. Also schlägt er den Weg zum Gefängnis ein. Er klopft wie gewöhnlich mit dem Colt an die Tür. Die Tür öffnet sich. Kating betritt das Jail. Es ist nicht wirklich warm hier, aber es stinkt erbärmlich.

„Was ist denn hier los", fragt er, sieht sich um und alle Zellen sind mit mindestens zwei Personen gefüllt.

„Sheriff lassen sie uns raus!" Von allen Seiten kommt der Ruf.

„Ruhe!" brüllt Bones.

„Maul halten, nur wer gefragt wird kann reden."

Sie betreten zusammen den Nebenraum. „Was sind das für Leute?" Kating sieht Bones forschend an.

„Ja, also". Bones sucht nach Worten und kratzt sich am Kopf.

„Es sind alles Cowboys von der Salt Fork Ranch. Sie sind zurück von einem Viehtrieb und haben ihre Prämie versoffen. Nachdem sie betrunken waren, wollten sie wissen wer stärker ist, diese zehn Säufer oder wir zwei Hilfssheriffs. Sie haben die Wette verloren. Wir bekommen von jedem zwei Dollar oder wir lassen sie nicht raus."

Kating geht wieder in den Zellenraum und ruft: „Habt ihr noch Dollars?"

„Wir haben noch Dollars, aber doch nicht hier! Auf der Farm haben wir noch welche." rufen einige der Cowboys.

„Gut, wer will zur Farm und zwanzig Dollars holen. Wir werden darauf warten und wenn der nicht wieder kommt, schicken wir zwei von euren Spießgesellen hinterher, die werden ihm tüchtig das Fell gerben. Also wer will zwanzig Dollar holen?"

Kating schweigt und wartet. Aber die Insassen schweigen auch. Bis sich einer kleinlauf meldet: „Sheriff, keiner von uns hat noch zwanzig Dollar."

„Wie viel hast du noch?" fragt Kating.

„Ich habe noch zehn Dollar."

„Bones lass ihn raus, er holt die zehn Dollar, wenn er zurückkommt, dann lass vier weitere raus. Die vier werden danach die letzten zehn Dollar bringen. Sei klug, es sind deine Dollars!" Kating grinst ihn an. Dann fährt er fort: „Diese Nacht werdet ihr noch den Rundgang machen. Ab morgen machen das wieder Ben und ich. So long!"

Der Sheriff steht auf und verlässt das Jail. Er begibt sich in Richtung Geschäft von Carol Winter. Er will sich die Jacke von Ben ausleihen oder eine von Carol kaufen. Auf halben Weg begegnet ihm die Bürgermeistersfrau.

Sie stemmt die Arme in die Hüften und schnauft den Sheriff an: „Sheriff ich muss mit Ihnen ein erstes Wort reden. So geht das nicht! Mr. Adams trifft sich oft mit Miss Winter. Das ist nicht anständig. Sie sind für ihn verantwortlich. Sorgen sie dafür, dass er sich anständig benimmt. Entweder er heiratet sie oder bleibt fern. Ich habe mich wohl klar ausgedrückt."

Sie dreht sich abrupt um und schreitet davon.

„Wie gut, dass ich nicht verheiratet bin", murmelt er. Er schreitet weiter aus und erreicht das Geschäft. Schnell huscht er rein, innen brennt Licht und es ist vor allem warm.

„Ben bist du da? Ah, sind sie es. Was gibt es Sheriff?"

„Ich habe gleich ein Treffen, ich brauche eine Jacke."

In dem Moment betritt auch Ben das Geschäft: „Ah Moses, was treibt dich her?"

Nach der Begrüßung von Carol in der Nähstube, zieht er Ben in den Verkaufsraum und erzählt ihm von der Begegnung mit der Bürgermeistersfrau. Er spricht leise:

„Nimm es nicht auf die leichte Schulter. Sie ist die Frau des Bürgermeisters und hat Einfluss auf ihn. Ihr wollt sowieso heiraten, also tut es. Danke für die Jacke, ich bringe sie nachher wieder."

Kating geht hinaus. Die Jacke ist ihm ein wenig zu groß, aber sie ist warm. Es ist bereits dunkel, er geht in sein Büro, macht Licht an und sieht den Ofen nach. Dann wirft er Holz hinein.

Er setzt sich wieder auf seinen Stuhl, kippt ihn nach hinten und legt die Füße auf den Tisch. Er hört ein Pferd aus der Stadt galoppieren. Er denkt, das ist eigentlich verboten, und grinst, das ist bestimmt der Cowboy aus dem Knast. Bin gespannt ob die beiden ihren Gewinn einstreichen können. Wenn er aber die ganze Mannschaft holt, na dann prost Mahlzeit.

Nach einem kurzen Schläfchen, wird er wach von dem Geräusch mehrerer Pferdehufe. Sie kommen näher. Kating steht auf und geht zur Tür. Vor seinem Büro halten drei Reiter. Es ist der Vormann der Salt-Fork Ranch. Kating tritt an den Rand des Sidesteps und sieht den Vormann an.

„Sheriff, was ist mit meinen Leuten. Ich brauche sie. Einer meiner Männer sagt, sie wären eingesperrt. Ist das wahr?"

„Es ist wahr. Sie sind eingesperrt, wie immer wenn sie ihre Prämien versaufen."

„Sheriff, ich brauche meine Männer! Ich reite nicht wieder ohne sie aus der Stadt!"

„Randolf kommen Sie zu mir herein, wir werden es in Ruhe besprechen, außerdem ist es kalt draußen!"

Kating dreht sich um und verschwindet wieder in seinem Büro. Der Vormann springt vom Pferd, lässt die Zügel hängen, springt die Stufen hoch und betritt das Büro.

„Sheriff Kating. Sie können mich vor meinen Männern nicht so blöd aussehen lassen, das Schlucke ich nicht."

„Randolf, es ist doch immer dasselbe. Ihre Männer haben eine Wette verloren und wollen nicht zahlen. Gehen Sie in das Gefängnis und zahlen Sie die Schulden ihrer Männer, dann können Sie sie mitnehmen und Sie stehen wieder gut da vor ihren Leuten. Sie werden doch wohl zwanzig Dollar in der Tasche haben. Jeder von ihren Männern hat zwei Dollar verloren. Ziehen Sie es ihnen wieder vom Lohn ab. Jetzt will ich Sie nicht länger aufhalten, so long."

Wütend dreht sich der Vormann auf dem Hacken um und verlässt wortlos Katings Büro.

Er sieht auf die Uhr, es wird Zeit zum Corral zu gehen. Kating zieht die Jacke an und verlässt sein Büro. Er schließt ab und bewegt sich zu Fuß durch Seitenstraßen zum Corral des Mietstalles. Obwohl es so kalt ist, sind noch ein paar Pferde auf der Koppel.

Jake steht hinter dem Zaun und wartet. Der Sheriff geht um die Koppel herum und stellt sich neben Jake.

„So Jake, was kannst du mir berichten und warum wolltest du mich hier treffen".

Jake berichtet von seinen Beobachtungen und wie er herausgefunden hat, dass das Sheriffbüro abgehört wird und der Beweis ist, das er weiß, dass der Sheriff in Oklahoma City war, denn das konnte er deutlich hören.

Kating ist nun hellwach.

„Das ist gut, das du damit gewartet hast bis ich wieder da war. Du sprichst mit niemand darüber. Die Bezahlung ist auch für das Schweigen. Nenne mir deinen Preis."

Sofort kommt es von Jake:

„Sheriff, ich denke die Information ist hart erarbeitet und ist zehn Dollar wert. Das Schweigen wird gratis dazu geliefert. Ich hätte gerne noch herausgefunden an wen Mike die Information weitergibt. Aber das ist mir nicht gelungen. Ich sah ihn nur zwei oder dreimal in der Nähe des

Einspänners, der von dem Handelsreisenden gefahren wurde. Aber das kann Zufall sein."

„Nun gut, du hast wirklich gut aufgepasst, ich gebe dir elf Dollar und hoffe, du hilfst mir, wenn ich dich wieder brauche. Okay?"

Kating gibt ihm die elf Dollar, wendet sich ab und verlässt den Jungen. Jake wird mit Sicherheit gleich nach ihm verschwinden.

Nun wendet sich Kating wieder dem Haus von Carol Winter zu. Er geht tastend über die Eiskanten des Schnees auf der Straße. Es ist bereits halb zehn Uhr abends. Er klopft wieder an. Es brennt noch Licht. Er tritt ein.

Ben kommt aus den hinteren Räumen.

„Gut, dass du kommst Moses. Carol hat deine Jacke fertig genäht."

Carol erscheint auch aus den hinteren Räumen und hält die Jacke in der Hand.

„Bitte Sheriff, sie ist fertig. Es macht fünfzig Cents." Der Sheriff zieht die Jacke von Ben aus und seine an.

„Carol ich danke ihnen, für die schnelle Arbeit."

Er holt fünfzig Cents aus der Tasche und gibt sie Carol: „Ich muss Ihnen aber Ben heute Abend noch einmal entführen. Ich hoffe Sie sind mir nicht böse. Er wird in ein bis zwei Stunden wieder da sein."

„Sheriff stimmt es, dass die Bürgermeistersfrau gesagt hat, dass Ben mich heiraten muss?"

„Carol, er hat es sicher nur gesagt um Sie zu überreden seine Frau zu werden, er liebt Sie und weiß vielleicht nicht wie er es Ihnen sagen soll, meinen Sie nicht?"

Caroll bekommt große Augen: „Stimmt das, du großes Kind? Kannst du mir keinen vernünftigen Heiratsantrag machen. Los auf die Knie mit dir und frag mich, ich sage auch bestimmt nicht nein."

Ben wirft Kating einen Blick zu, der alles bedeuten kann. Dann fällt er auf die Knie und bittet: „Geliebte Carol willst du mich heiraten?"

„Natürlich, du Kindskopf, das hätte ich dir schon viel früher gesagt, wenn du nur gefragt hättest. Los, nun geh, der Sheriff wartet." Sie hängt sich an seinen Hals und küsst ihn.

Kating öffnet die Tür und verlässt den Laden. Ben folgt ihm. Er schließt die Tür und kommt an die Seite von Kating.

„Du bist nicht zufällig früher auch Heiratsvermittler gewesen? Wie?"

„Du klingst nicht begeistert, noch kannst du zurücktreten."

Kating kickt ihn mit dem Ellenbogen leicht in die Seite. „Aber wir haben noch etwas anderes vor! Wir gehen jetzt zu Hopkins und machen einen Schlachtplan. Ich erkläre alles wenn wir bei Hopkins sind. Kurz darauf treffen sie beim Bankdirektor ein. Der empfängt sie wie immer in seinem Büro. Beide setzen sich. Kating beginnt zu erzählen, was er von Jake gehört hat.

„Das heißt", folgert Kating, „dass wir dem Täter eine Falle stellen können, es wäre zum Beispiel möglich, zu verbreiten, das der Bürgermeister morgen einen Sachverständigen holen lässt, um die Waren zu begutachten, dann würde der Täter gezwungen sein in der nächsten Nacht einzubrechen um die Dinge, die er haben will, zu stehlen. Heute ist es zu spät, aber morgen Nacht werden wir den Täter in die Falle locken und dann erkennen wir endlich wer es ist."

Bürgermeister Clifton sieht Kate Jenkings mit hochgezogenen Augenbrauen an.

„Es tut mir leid Miss Jenkings, aber ich habe es auch gerade erst heute Morgen bemerkt und sie holen lassen. Sehen sie, alle ihre Waren sind ordnungsgemäß in Kisten verpackt, nur diese Kiste war noch nicht mit der Bewertung abgeschlossen, da ich mir über den Inhalt noch unklar war. Hier waren, wie soll ich es beschreiben, sagen wir mal *Ersatzteile*, ich kann es nicht anders ausdrücken. Auf jeden Fall waren es Teile von Waffen, die ich noch nicht bewertet hatte, und ich wollte sie mir in aller Ruhe noch einmal ansehen. Aber heute Morgen stand die Kiste offen und es fehlte ein kleiner Revolver ohne Griffschalen und Trommel, deshalb hatte ich ihn mit zu den Ersatzteilen gelegt, das ist mir sofort aufgefallen.

Es ist natürlich kein großer Verlust, aber ich halte es für meine Pflicht sie zu informieren. Ob noch andere Teile fehlen, werde ich erst nach Abgleich mit der Liste wissen. Ich werde auch noch den Sheriff informieren. Ich denke, heute Abend werde ich wissen was noch fehlt und mit der Einschätzung fertig sein, und sie bekommen den Bericht ins Hotel."

„Ich danke ihnen Bürgermeister, dass sie mich informiert haben, ich sehe da auch keinen großen Verlust, aber seltsam ist es doch. Also auf Wiedersehen Mister Clifton. Ich erwarte ihren Bericht heute Abend. Kate Jenkings dreht sich um und geht. Sie läuft auf dem überdachten Holzfußweg, weil es sehr schwierig ist über die Straße zu kommen, denn die Furchen und Riefen von den Wagenrädern im Schnee sind gefroren und sind auf diese Weise hunderte kleine Hindernisse, die es zu übersteigen gilt. Auf dem Sidestep kommen ihr der Sheriff und Ben entgegen, die auch gerade zum Bürgermeister wollen.

„Guten Morgen Miss Jenkings". Der Sheriff und Ben tippen an ihren Hut.

„Guten Morgen Sheriff, auf ein Wort bitte."

„Ja, natürlich, womit kann ich helfen Miss Jenkins."

„Sheriff, ich komme gerade vom Bürgermeister."

Mit kurzen Worten erzählt sie dem Sheriff, was sie gerade vom Bürgermeister erfahren hat.

„Das was Sie uns erzählen, erinnert mich an ihren kleinen Revolver, wie wäre es wenn Sie noch einmal zum Bürgermeister mitkommen und ihm ihren kleinen Revolver zeigen, eventuell ist es der gleiche?"

„Ja, Mister Deputy entschuldigen sie, aber mir ist ihr Name entfallen."

„Adams, Miss Jenkins, mein Name ist Adams."

„Ja, Mr. Adams, wenn Sie glauben, dass es einen Sinn hat, Sheriff?"

„Lassen Sie uns doch noch mal zum Bürgermeister gehen, Miss. Ich denke es wird die Sache ein wenig klären."

Alle drei wenden sich wieder dem Haus des Bürgermeisters zu. Der Sheriff hilft Kate über die Straßen, wenn die Häuserreihe zu Ende ist, endet auch der Sidestep und man muss eine Straße überqueren.

Im Haus des Bürgermeisters angekommen, sprechen sie erneut mit dem Bürgermeiser.

„Ja gut, natürlich, zeigen Sie mir ihren kleinen Revolver, dann kann ich sehen ob er ähnlich oder gleich ist."

Kate öffnet ihre Tasche und sieht hinein.

„Er ist nicht da. Moment, ich hatte ihn in der Kutsche."

Sie erschauert, als sie von dem Indianer berichtet, den sie erschießen musste. „Dann war ich bei Ihnen Herr Bürgermeister. Sie sagten mir, ich sollte zum Postmeister gehen. Mein Gott, das habe ich durch die ganze Arbeit ganz vergessen. Dann müsste er noch beim Postmeister sein. Ich bitte um Entschuldigung."

Sie sieht sich verlegen um.

„Gut, das ist nicht weiter schlimm. Ich würde vorschlagen, dass wir uns nach dem Mittag wieder hier treffen, wenn alle einverstanden sind."

der Bürgermeister sieht sich fragend um. Alle nicken mit dem Kopf.

„Dann bis Nachher!"

Ben und der Sheriff verabschieden sich an der Tür des Bürgermeisterhauses von Kate Jenkings und setzen ihren Weg weiter fort bis zur Kirche.

„Muss das denn wirklich sein? Ein Aufgebot in der Kirche?"

Ben nuschelt es vor sich hin.

„Es ist der normale Lauf der Dinge und es wird die Bürgermeistersfrau, und alle wie sie denkenden Frauen, beruhigen und du hast dann wieder deinen Freiraum."

Die Kirche steht auf der anderen Straßenseite vom Post und Telegrafenbüro. Hier ist die Straße breiter, für die Fuhrwerke am Sonntag. Außerdem hält hier auch die Postkutsche.

Sie wollen gerade in die Kirche gehen, als sie sehen wie ein Reiter um die Ecke galoppiert kommt, auf Miss Jenkings zureitet, sich herunterbeugt und ihr die Tasche entreißt und gleich darauf wieder um eine andere Ecke biegt und verschwunden ist.

„Teufel, hast du das gesehen, ich habe den Kerl zwar nur nachts gesehen, aber ich könnte schwören, das war der dritte von den wilden Boys."

Sie laufen beide auf die andere Straßenseite und helfen Kate Jenkings auf die Beine. Ben spurtet hinter dem Reiter her. Er sieht ihn noch gerade wieder hinter einem Haus verschwinden. Auf der Straße liegt die Tasche von Miss Jenkings. Er hebt sie auf und schaut noch mal auf die Straße ob noch irgendwo etwas liegt. Er geht hin und her und schaut in die Schneeriefen, sieht aber nichts und kehrt wieder zurück zu den beiden.

„Bevor diese Sache nicht geklärt ist, werde ich sie nicht mehr aus den Augen lassen." knurrt Kating.

Ben kommt zurück mit der Tasche in der Hand: „Würden Sie bitte nachschauen ob etwas fehlt.

Kate guckt in die Tasche, dann guckt sie hoch und sieht den Sheriff an: „Seltsam es fehlt nichts, auch das Geld ist noch da. Ich verstehe das nicht."

Kating ergreift die Initiative: „Miss Jenkins, lassen Sie uns jetzt zum Postmeister gehen und ihren Revolver holen, dann sehen wir weiter. Sie marschieren nun zu dritt zum Postmeister. Das Postbüro ist offen und sie treten ein.

„Wir hätten gern Mr. Connery gesprochen, ist er da?"

„Ja, gehen sie nur durch Sheriff. Miss Jenkings, Mr. Adams."

Sie klopfen an und es tönt von innen: „Kommen Sie rein!"

Alle drei betreten das Büro des Postmeisters. Dieser steht hinter seinem Schreibtisch auf und kommt den dreien entgegen.

„Guten Morgen Miss Jenkings, Moses, Ben. Was verschafft mir das Vergnügen?"

Kate Jenkings tritt vor und erklärt: „Guten Morgen Mr. Connery. Der Bürgermeister berichtete mir, sie haben noch Gegenstände von mir in der Kutsche gefunden. Ich wollte sie gerne abholen.

„Aber natürlich, einen Moment, ich habe hier", er geht zurück an seinen Schreibtisch und zieht eine Schublade auf: „noch ihren Revolver gefunden. Alles andere war schon von wem auch immer geplündert. Tut mir leid." Er gibt den Revolver Miss Jenkins.

„Darf ich?" Ben sieht Miss Jenkings an. Sie gibt ihm den Revolver. Zwei Hülsen sind abgeschossen. Er öffnet die Trommel und nimmt die Patronen heraus.

„Es ist ein wirklich schönes Stück", meint Ben und zieht den Hahn zurück, dann drückt er ab. Der Hahn schnellt nach vorne. Er hat den Finger noch am Abzug, aber er spürt immer noch einen Widerstand. Er drückt den Hahn wieder durch und der Hahn kommt heraus und schlägt wieder zu auf die leere Kammer. Er gibt dem Sheriff den Revolver: „Hast du so etwas schon einmal gesehen?" Auch der Sheriff zieht den Hahn zurück und drückt den Abzug durch, der Abzugshebel kommt wieder nach vorne und der Sheriff kann erneut abdrücken.

„Nein, so etwas habe ich wirklich noch nicht gesehen. Ich würde sagen, das ist nicht Singleaction, was ja bedeutet *eine* Aktion, sondern Doubleaction, *doppelte* Aktion. Das ist natürlich für Frauen ideal, sie brauchen den Hahn nicht zu spannen, der Revolver ist somit immer schussbereit." Er wendet sich dem Postmeister zu: „Danke Scott", und zu den anderen: „Wir sollten gehen."

Er wendet sich zur Tür und hält sie für Kate Jenkings auf. Dann tritt er hinter ihr auf die Straße.

„Ich glaube, wir haben nun etwas zu tun. Miss Jenkings, darf ich Ihren Revolver für einige Tage behalten, Sie bekommen ihn natürlich von mir zurück. Verkaufen Sie nichts, bevor Sie nicht mit mir gesprochen haben. Wir werden Sie nun zum Hotel bringen."

Sie guckt ihn groß an: „Ja, wenn sie meinen, ich verstehe nur nicht."

Kating geht mit ihr weiter: „Miss Jenkings, ich werde ihnen alles erklären, muss aber selber noch Erkundigungen einholen. Ben geh' du eben alleine zur Kirche. Wir treffen uns dann bei Hopkins.

Kating und Ben sitzen wieder bei Hopkins. Kating holt den kleinen Revolver von Miss Jenkings hervor und reicht ihn dem Bankdirektor rüber.

„Sieh ihn dir mal genau an."

Hopkins klappt die Trommel auf, sieht, dass keine Patronen in der Trommel sind und zieht den Hahn und drückt ab. Fragend sieht er Kating an:„Und was soll ich nun daran bemerken?" „Drücke noch einmal ab, aber ohne den Hahn zu spannen."

„Ohne den Hahn zu spannen?" Hopkins zieht den Abzug noch einmal durch: „Tatsächlich das geht, ich verstehe. Es geht einzig und alleine um dieses Patent. Jemand will dieses Patent haben. Der alte Jenkings hat es nur für seine Tochter und eventuell für seine Frau…Verdammt, es wird wahrscheinlich noch einen Revolver dieser Art geben und der ist eventuell noch im Haus. Wir müssen sofort Miss Jenkings befragen!"

Hopkins sitzt kerzengerade in seinem Sessel, die Zigarre im Aschenbecher hat er vergessen: „Moses, du musst sofort ins Hotel und frage Miss Jenkings, der Mörder und Dieb hat schon letzte Nacht zu schnell zugeschlagen. Wahrscheinlich ist der Revolver aus der Kiste des Bürgermeisters nicht vollständig und darum der Überfall auf Miss Jenkings. Irgendjemand hat euch belauscht und blitzartig reagiert. Wir müssen verhindern, dass er wieder schneller ist als wir!"

Kating hat schon seinen Hut auf und schlüpft in seine Jacke, mit der anderen Hand ist er schon an der Türklinke.

„Ben, lauf du sofort zum Haus von Miss Jenkings und pass auf, dass dort niemand rein geht und wenn einer schon drin ist, dass er oder sie rauskommt."

Auch Ben hat schon seinen Hut auf und rennt mit der Jacke in der Hand aus dem Büro, er geht langsamer in der Bank und ganz normal aus der Bank und dann auf dem

Sidestep in Richtung Saloon. Daraufhin überquert er die Straße und klopft an die Tür von Miss Jenkings Haus. Die Tür wird geöffnet und der Tischlermeiser schaut heraus. Ben schiebt ihn vorsichtig zurück und schließt die Tür hinter sich.

„Meister, sind in der letzten Zeit Personen in das Haus gekommen, die keine Handwerker sind?"

„Ja, sehen sie Adams, ich dachte gerade der Kaminbauer wäre zurückgekommen. Der war gerade vor Ihnen da."

„Der Kaminbauer, was wollte er?"

„Er wollte sich oben in den Privaträumen ein Bild vom Schornstein machen, ob er nicht beschädigt ist. Der Kamin darf natürlich keinen Rauch durchlassen, das könnte lebensgefährlich sein."

„Wo genau war der Mann?"

„Naja, er war oben, wir sind noch hier unten beschäftigt mit der Kellerdecke. Wenn die fertig ist, dann können wir die obere Decke in Angriff nehmen."

„Also war der Mann alleine oben?"

„Ja, er war alleine oben. Wo ist die Treppe?" „Da drüben, aber passen sie bloß auf und fallen sie nicht durch die Decke, es ist gefährlich da oben."

Aber Ben ist schon auf der Treppe und hört kaum noch zu. Vorsichtig bewegt er sich um das abgesperrte Deckenloch und betritt die zwei Zimmer, die nicht beschädigt wurden. Was er sieht, sagt ihm alles. Alle Schranktüren sind auf, die Schubladen stehen heraus, Möbel sind von der Wand gerückt. Im nächsten Zimmer ist alles ordentlich.

Der Dieb hat also gefunden, was er suchte. Ben läuft wieder zurück zur Treppe. Er rennt hinunter und aus dem Haus. Beinahe wäre er im gefrorenen Schnee gestürzt. Er fängt sich wieder und läuft zum Bankgebäude. Wieder geht er langsam in die Bank und in das Büro von Hopkins.

Ben setzt sich und will gerade anfangen Hopkins zu informieren, da öffnet sich die Tür und Kating kommt herein. Der wartet gar nicht erst und sagt: „Miss Jenkings sagte mir, dass ihre verstorbene Mutter den gleichen Revolver hatte, nur mit einer anderen Gravur auf der Trommel. Der Text ist in etwa mit ihrem Text gleich: Für meine liebe Frau Cora Jenkins, damit sie immer beschützt sei. Ich habe sie um Erlaubnis gefragt um in ihrem Haus nachsehen zu dürfen. Wir sollten gleich hingehen."

„Nein", erwidert Ben: „Zu spät, er war mal wieder vor uns da. Wäre ich fünf Minuten früher gewesen, hätte ich ihn erwischt. Er hat den Revolver gefunden. Es ist mit Sicherheit der Waffenhändler, der Miss Jenkings alles abkaufen wollte. Ihm ging es nur um das Patent. Es könnte hunderttausende wert sein."

„Also los, rüber ins Hotel, jetzt nehmen wir den Waffenhändler erst einmal fest, dann durchsuchen wir seine Sachen. Wir können ihm zwar keinen Mord nachweisen, aber wenn wir den Revolver finden, können wir das Schlimmste für Miss Jenkings verhindern."

Kating hat gar nicht erst seine Jacke ausgezogen.

„Jetzt wird es eng", knurrt er und durchquert mit Ben die Bank und betritt die Straße.

„Jetzt weiß ich auch, warum die beiden wilden Boys zwei Sharp Gewehre hatten, die sind vom Waffenhändler, wenn da einer rankommt, dann er. Und der dritte wilde Boy hat Miss Jenkings überfallen."

Beide stürmen ins Hotel. Sie rufen den Clerk und fragen: „Welches Zimmer hat Mr. van Dyke."

„Oh Sheriff, da kommen sie ein bisschen zu spät. Mr. van Dyke hat vor etwa, einen Moment ich sehe nach", er blättert in einem Buch: „Ja, da steht es: Vor einer halben Stunde hat er ausgecheckt. Wir haben noch sein Gepäck in den Einspänner gehoben. Der ist weg, tut mir leid."

Kating dreht sich auf dem Absatz um und Ben sagt noch über die Schulter: „Danke."

Sie stürmen wieder hinaus. Beide rennen zum Mietstall. Kating hämmert mit seinem Colt an die Tür. Von innen hört er: „Ja ja, ich komme schon." Die Tür geht auf, Shorty sieht die beiden: „Was soll's sein Sheriff?"

„Wir brauchen unsere Pferde, aber schnell", Kating geht schnurstracks auf seinen Sattel zu und legt ihn auf sein Pferd.

„Wir haben nicht viel Zeit Shorty, aber hast du deinen Einspänner vermietet?" Kating zieht den Gurt fest und fragt nachdrücklich: „Shorty hast du?"

„Ja, das habe ich und zwar an den Gentleman van Dyke. Ich habe einen guten Preis bekommen, den bekomme ich jeden Tag, wenn ich an ihn vermiete."

„Wir haben es eilig. Hat er dir gesagt wo er heute hin will?"

„Nein, ich frage auch nicht nach. Aber in letzter Zeit ist er immer nach Südosten gefahren, Richtung Hollis."

„Hör mir genau zu. Hör zu! Schick uns Leute nach, wir brauchen sie vielleicht."

Beide, Kating und Ben lassen ihre Pferde anspringen, sie jagen zum Sheriffbüro, Ben springt ab und rennt ins Büro, mit den beiden Winchestern kommt er wieder heraus. Er wirft Kating eine zu und schiebt sie selber in sein Scabbard. Sie reiten nun nach Südosten aus der Stadt.

„Wenn wir Glück haben, und ich sage Dir wir haben Glück, wir fangen diesen Teufel, der andere Menschen in die Luft sprengen lässt!"

In Richtung Hollis sind wenige Spuren, aber die Spur eines Einspänners.

„Halt", ruft Kating, zügelt wild sein Pferd und springt aus dem Sattel, dann sieht er sich die Wagenspur genau an: „Sie ist noch nicht wieder angefroren, das ist er."

Er schwingt sich wieder in den Sattel. Beide lassen ihre Pferde ausholen und treiben sie zu höchster Leistung an, immer der Wagenspur nach. Beide lehnen sich vor um es den Pferden zu erleichtern. Der Wind reißt ihnen den Hut vom Kopf, aber der bleibt an der Windschnur am Hals hängen. Beide kennen nur ein Ziel, diesen Killer zu fassen.

Sie sind kaum fünf Minuten geritten, da sehen sie vor sich den Einspänner und einen Reiter. Sie holen noch auf, denn vor ihnen fährt der Einspänner im ruhigen Trab. Auch der Reiter passt sich der Geschwindigkeit an. Er steckt sich eine Zigarette in den Mund und will sie anzünden, dabei nimmt er den Kopf nach hinten, damit der Wind nicht das Streichholz aus weht.

Nun erkennt er die beiden angaloppierenden Sheriffs. Er wirft die Zigarette fort und lässt sein Pferd anspringen, auch der Wagen wird schneller, sie spurten nun auf einen Hügel zu.

„Wo wollen die denn hin? Da gibt es nur einen Hügelabbruch und unten ist ein See." schreit Kating.

„Oben stehen ein paar Felsen! Vielleicht wollen sie sich dahinter verschanzen?"

Der Einspänner beginnt zu schlingern, er rast immer weiter den Hügel hinauf. Sie sind fast oben als das Pferd strauchelt, dann stürzt es, der Wagen bricht zur Seite aus und überschlägt sich, er knallt gegen einen Felsen und reißt einen großen Felsen mit in die Tiefe.

Der Fahrer ist aus dem Wagen gesprungen und hinter einen Felsen gekrochen.

Als Kating und Ben mit schweißnassen Pferden an der Abbruchkante ankommen, können sie gerade noch ihre

Pferde zügeln. Sie sehen wie der Einspänner im See versinkt. Der Felsen hat das Eis durchschlagen und Kutsche und Pferd sind ins Wasser gefallen. Der Reiter ist abgebogen und galoppiert weiter in Richtung Hollis.

Kating reißt seine Winchester aus dem Scabbard und schreit zuerst: „In Deckung Ben! Lass den Reiter laufen, wir schnappen uns van Dyke!"

Schon peitscht ein Schuss und reißt ein Stück aus seinem Sattel. Sie lassen die Pferde stehen und laufen im Zickzack hinter einen Felsen. Schüsse begleiten ihren Weg. Sie hechten hinter Felsen in Deckung. Die Kugeln surren um sie herum.

„Geben sie auf van Dyke! Sie haben keine Chance!"

Wütendes Feuer kommt als Antwort.

„Es wird gleich Verstärkung kommen, sie können nicht gegen alle kämpfen. Hören sie auf zu schießen und ergeben sie sich!"

Kating gibt Ben einen Wink, damit dieser um die Felsen herumläuft und in den Rücken von van Dyke kommt. Nun schießt auch Kating. Ben huscht durch die Felsen fort.

Aber auch van Dyke ist nicht dumm. Er kommt aus seinem Versteck gerannt und wirft sich hinter die Pferde von Kating und Ben. Kating flucht: „Verdammt, damit habe ich nicht gerechnet!"

Die Pferde geben dem Mann gute Deckung. Van Dyke springt auf ein Pferd und hängt sich an die Seite um ein möglichst kleines oder gar kein Ziel abzugeben. Kating kommt aus seiner Deckung hoch und rennt auf sein Pferd zu. Sein Gewehr hat er liegen lassen. Nur den Revolver in der Hand. Van Dyke gibt nun dem Pferd die Sporen und reiten an. „Verdammt, der Idiot reitet direkt auf den Abbruch zu!"

Kating bleibt stehen. Er sieht Ben von der anderen Seite aus den Felsen kommen und van Dyke den Weg versperrend. Ben steht mit dem Gewehr an der Wange und zielt auf den

Mann. Dieser lässt sich vom Pferd fallen und schießt im Liegen auf Ben.

Kating pfeift und sein Pferd bleibt stehen. Nochmal pfeift er und sein Pferd kommt zu ihm zurück. Van Dyke springt auf um besser schießen zu können. Doch nun wird er von einer Kugel von Ben getroffen und stürzt hinab in den Abgrund.

Beide Sheriffs treten an die Abbruchkante. Ben und Kating sehen sich an. Es gibt nichts mehr zu sagen. Sie sitzen auf und lenken ihre Pferde den Hügel hinunter zum See. Als sie unten ankommen, ist von der Kutsche nichts mehr zu sehen. Nur ein großes Loch ist im Eis.

Kating stützt sich auf das Sattelhorn und knurrt: „Nun ist van Dyke selber in die Hölle geflogen, dem hilft keiner mehr. Da kann man nichts mehr machen, das Schicksal hat zugeschlagen."

Er dreht sich im Sattel um und aus dem Ort kommen fünf Reiter auf sie zu.

„Nathan und Shorty haben schnell reagiert, ich wusste ich kann mich auf sie verlassen. Hoiii", ruft er den Leuten entgegen und winkt.

Die fünf Männer erreichen die beiden, es ist der Schmied, der Frisör und drei Mann von der Bürgerwehr. Die Leute sehen in das Wasserloch. Sie sprechen fast gleichzeitig: „Da geht nichts mehr".

Der Schmied weist einen von der Bürgerwehr an: „Reite zurück und hole meinen großen Hammer mit dem langen Stiel und zwei, drei Besen. sag auch den anderen Bescheid um den Einspänner herauszuziehen."

Der Mann wendet sein Pferd und reitet davon, nach zwanzig Minuten ist er zurück. Er gibt dem Schmied den großen Hammer.

„Ihr wisst, was ihr zu tun habt." Drei Männer beginnen mit Fegen. Sie versuchen den Schnee vom Eis zu fegen. Oben ist der Schnee gefroren, doch unter der Kruste ist er leicht und lässt sich leicht entfernen. Also klopfen und fegen die drei Männer, denn das Eis ist so dick, das es sie trägt. Ein Mann fängt an zu winken. Er hält die Hände trichterförmig vor den Mund und ruft: „Hier ist er, hier ist er."

Die beiden anderen Männer fegen nun mit an der Stelle.

Kating und Ben treten hinzu. Unten sehen sie van Dyke mit ausgebreiteten Armen unter dem Eis. Van Dykes Augen starren sie durch das Eis an.

„Lass mich mal ran." Der Schmied kommt mit seinem großen Hammer und schlägt neben van Dyke auf das Eis. Der Körper rutscht ein wenig weiter. Wieder schlägt der Schmied. So geht es Schlag um Schlag und der Körper rutscht immer weiter zum Loch, bis er das Loch erreicht. Dann flutscht die Leiche aus dem Wasser, wie ein Seehund, auf die andere Seite des Eises. Kating geht um das Eisloch herum und tritt an die Leiche von van Dyke. Er fasst in die Kleidung und zieht einen kleinen Revolver aus der Innentasche des Mantels. Er guckt auf die Trommel und liest: „...damit sie immer beschützt sei".

Ende

Lesen Sie auch den neuen Western, der 2021 erscheint. Er heißt:

Bruderfeindschaft

Der Kampf zweier Brüdern, auf den verschieden Seiten des Gesetzes. Wer wird gewinnen?

Der Scheriff, der als Schatten der Spur seines kriminellen Bruder folgt oder der weltmännische Gunman, der keine Skrupel kennt.

Auch dieser Western erscheint bei BoD.

Der Mysteriöse Tote vom Bau
Ein Fall für Lerch und van Krall

Lesen Sie auch den **Kriminalroman** von Holger H. Haack.

Es wird ein Toter von einer Baustelle gemeldet. Zuerst nehmen die Kommissare an, dass es ein Unfall ist. Als aber bei dem Toten sein altes vermisstes Handy gefunden wird, gehen die Kommissare von Fremdverschulden aus. Der Tote war Gesamtbetriebsratsvorsitzender und hat seinen Chef unter Druck gesetzt. Beinahe wäre es zu einem Konkurs gekommen. Der Fall ist kompliziert und viele scheinen ein Motiv zu haben. Durch eine unglückliche Wendung kommen die Kommissare endlich auf die Spur des brutalen Mörders und geraten selber in die Schusslinie.

Bei BoD: ISBN: 978-3-7504-6088-1